天書道人

20

左夜 ◎著

CONTENTS

目錄

第一章 會合

佟道腳下一座巨大的符陣出現，預想了許多應變的戰術，就是沒想到青龍竟然直接把銀色飛鷹吞了下去。

四神獸衝向符陣，自動構成四象之形。御主的投影出現在星辰戰艦上，驚喜交加的看著這一幕。

本體在末日方舟，看到銀色飛鷹帶著三個天啟星雲的強者發起攻擊，佟道鎮壓了陰影之主的神選者，敵人退去之後，佟道大口嘔血。

現在四神獸隨著星辰戰艦傳送到真實星空，直接把最強的銀色飛鷹吞噬了。青龍的腹部不斷隆起，銀色飛鷹在試圖撕裂青龍的腹部。

青龍找回了封印的記憶，雖然礙於漫長時光都在虛擬世界成長，比不上鷹聖的分身。但此刻四神獸的力量加持在一起，還有佟道布陣馳援，青龍眼神猙獰，不惜代價禁錮銀色飛鷹。

四神獸的本體也是聖者，銀色飛鷹的本體也是，這個世上最怕的就是知情人，四神獸的力量結合在一起，足以壓制銀色飛鷹。

遙遠的星空深處，一隻如同銀色雕塑的巨大飛鷹睜開眼睛。在牠睜開眼睛的剎那，整顆星辰地動山搖。

分身被吞噬了，巨大飛鷹狂怒，牠的眼眸迸發出數丈長的銀色火焰。巨大飛鷹如同一座高山，凶戾的目光投向遠方四顆死寂的星辰，青龍、白虎、朱雀、玄武這四個傢伙的本體就在那四顆星辰中。

這四個成為虛擬世界基石的聖獸背叛了天啟星雲——巨大飛鷹腦海裡的第一個念頭就是這樣。

天鬼等人衝入佟道體內，忘川風吹拂，吹過青龍的腹部。玩命抗爭的銀色飛鷹腦袋有些眩暈。

這裡是哪兒？我在哪兒？我是誰？

即將振翅高飛的巨大飛鷹停下來，這是什麼情況？為何分身的意識不斷模糊，甚至開始遺忘自己的本來？

巨大飛鷹不敢輕舉妄動，而且牠眼眸閃爍不定。吃虧這種事情，讓牠獨自承受？不應該的！有好處的時候也不是鷹聖獨享，為何吃虧要獨自承受？

青龍張嘴，佟道彈指，影藤衝入青龍口中，直接竄入青龍的腹部，捆住了迷迷糊糊、渾渾噩噩的銀色飛鷹。

青龍放聲狂笑，玄武的兩個頭顱發出低沉和尖銳的得意笑聲。

朱雀不耐煩的說道：「笑個毛？我只是一部分力量投射出來，堅持不了太久。」

青龍是被捉入移形換位珠、玄武恢復了記憶、白虎想要在星空血戰，唯有朱雀沒有恢復記憶，也沒想過和敵人死磕。

戰鬥這種事情，交給佟道就好，朱雀對佟道有強烈的信心；而且朱雀秉承君子動口不動手的原則，不喜歡爭鬥，就喜歡嘲諷別人。

玄武說道：「鷹聖的分身，捉住了這個傢伙，就等於捉住了鷹聖的老二。」

白虎狠戾說道：「直接分享了吧！我覺得能滋補不少。」

青龍頗為意動，找回了封印的記憶，也想起了前塵往事。青龍本體和鷹聖的關係不能說惡劣，反正沒啥交情。

能夠在天啟星雲站穩腳跟的星獸，沒有一個是輕易得到認可的。星獸彼此之間血戰、與人族強者搏殺，最終得到一席之地。

當年青龍、白虎、朱雀、玄武被派到真天域，成為虛擬世界的基石，那是人族強者和星獸強者合謀。青龍四獸彼此之間原本沒交情，也沒有什麼靠山，才會承擔這個苦差事。

青龍不看好高修世界的未來，這才想殺了龍綣，把龍綣的魂魄封印。這樣高修世界毀滅，龍綣還能倖存。

佟道布局，竟然把鷹聖的分身吞噬了，青龍頗為震驚。照這樣下去，也不是沒有還手之力啊！

被影藤捆縛的銀色飛鷹被青龍吐出來，四神獸貪婪的眼神盯著銀色飛鷹。銀色飛鷹奮力掙扎，影藤越捆越緊，而且影藤還在抽取銀色飛鷹的力量。

四神獸的力量與佟道布下的符文大陣禁錮銀色飛鷹，讓銀色飛鷹根本沒有逃脫的可能。

銀色飛鷹竭力保持鎮定，說道：「可以談？」

白虎暴躁說道：「談你奶奶個腿！佟道，你來分割，必須保證我們四個的收穫公平，可不能偏心袒護朱雀。」

朱雀怒道：「閉上你的臭嘴！有勇無謀的東西。」

白虎眼神猙獰，妳罵誰有勇無謀？

玄武的老龜頭顱說道：「我要腦袋和脖子就行。」

銀色飛鷹說道：「可以談，你們四個和本體還沒取得聯絡，別這樣看我，你們恢復記憶沒有？」

玄武的靈蛇頭顱說道：「朱雀，我要鷹聖的腦袋，那裡面藏著一顆巽風珠，這是給妳準備的禮物。」

朱雀的眼神明亮，玄武夠意思！比沒腦子的白虎強多了。

青龍用眼神示意，佟道微不可察點頭。

銀色飛鷹焦急說道：「如果你們恢復了記憶，就應該知道當年你們各自為戰，所以才被迫充當虛擬世界的基石。現在我願意和你們合作，我在天啟星雲也不受待見。你們的本體沉睡了多年，肯定不知道天啟星雲那裡的變化。星獸中崛起了一個強者，沒幫手的星獸很受欺負。」

青龍說道：「你能做什麼？」

白虎咆哮道：「青龍，你總是見便宜就上，遲早會坑死你。」

青龍說道：「先談談。」

銀色飛鷹說道：「我的分身落在你們手中，這就是人質。我幫你們喚醒本體，別以為我看不出來，你們四個與這個人族合作了，那就意味著你們不想受天啟星雲的制約。我也不想，只是沒有可靠的幫手。我先來個投名狀，幫助你們四個本體啟動，到時候我們五大聖獸聯手，再加上星辰戰艦，可以另闢蹊徑。」

玄武的老龜頭顱說道：「我們的本體在封印狀態，我回到真實星空，也只是隱約感知到本體，根本沒辦法讓本體逃脫。」

銀色飛鷹說道：「不可能讓你們本體逃脫，天啟星雲真正的計畫就是讓你們四個融入星辰戰艦，成為星辰戰艦的艦靈。這個祕密是我偶然知道的，你們四個肯定不知道。如果天啟星雲的計畫成功，你們四個的本體將會隨著星辰戰艦被送入黑洞。這一步若是成功，你們的本體會與星辰戰艦融為一體。」

青龍等人目光交匯，原來天啟星雲真正的計畫如此歹毒。青龍轉頭看著佟道，說道：「佟道，你下決定。」

佟道說道：「將鷹聖的分身當作人質，我可以構建傳送陣盤。鷹聖若是幫助青龍等人的本體傳送出來，未來你就是我們的盟友。」

白虎握緊拳頭，說道：「我和朱雀的記憶沒有恢復。」

佟道說道：「解開你們記憶封印的四先生被關押在天罡塔中，我來想辦法製造幻境，嘗試騙出解開封印的辦法。」

銀色飛鷹轉頭看著佟道，那艘龐大戰爭之城的幻境是你布置的，你還懂得傳送，星辰戰艦就是你傳送出來的，看不出來你這麼強啊！

而且青龍等人擺明了聽從佟道的命令。銀色飛鷹說道：「構建傳送陣盤的同時，構建幻境陣盤，不要讓人看出四隻聖獸的本體離開。只要小心行事，我想得手的機率極大，畢竟這四個傢伙的本體處於沉睡狀態。」

佟道說道：「如何把陣盤送過去？」

銀色飛鷹說道：「我感知到附近有一個後裔，我想起來了！早些年牠跟著一個人族修士隱居。」

佟道說道：「見秋？」

銀色飛鷹睜大眼睛，佟道說道：「我見過他，也見過一隻銀灰色的巨鷹。」

銀色飛鷹說道：「這就穩了。我的後裔帶著陣盤回到天啟星雲，我的本體就可以行動。捆住我的藤條有些不尋常，陰影之主的神選者被你捉住，為了這條藤條，陰影之主也不會放過你。」

影藤收縮，銀色飛鷹張嘴，佟道說道：「影藤，不要憤怒，也不用緊張，我在。」

影藤微微鬆開，佟道說道：「御主，與起源會合。」

星辰戰艦啟動，悍然向著末日方舟前進的方向掠去。偽裝成斑駁星辰的末日方舟上，起源的投影回頭，御主露出笑容。

起源的投影悲憤抬手，我看到了什麼？這是什麼情況？

末日方舟甲板上的仙人同時起身，看著熟悉的星辰戰艦張揚前行。

起源雙手握拳，發出憤怒的叫聲，相比武裝到極限的星辰戰艦，我的末日方舟有什麼？看著就寒酸。

艦首的母樹，艦尾的枯木叢林，四神獸坐鎮，幽暗的星辰戰艦才是真正科技與修行的結晶，前所未有的神奇造物。

甲板上的仙人退開，星辰戰艦來到末日方舟上空，御主說道：「星辰戰艦就是末日方舟的一部分，就跟妳是我和佟道的孩子一樣，未來這全是妳的家底。」

起源臭著臉說道：「妳騙傻子呢！」

御主摟著起源的投影，說道：「許多事情，那麼認真做什麼？妳和我是超腦進化出來的特殊生命，這兩艘戰艦真正組合，我們就是無敵的存在，當然這需要妳和我戮力合作。」

起源仰起小臉，說道：「許多時候，付出比享受更有意義，付出才有榮耀，獲取沒可能產生這種情感。我汲取了金色晶片的訊息，我比妳懂得多。」

御主微笑說道：「我的女兒長大了。」

起源的投影靠在御主懷裡，莫名喜歡這種口吻。

御主最早面對起源，有輾壓的優勢，只是御主沒想過毀滅這個剛剛誕生的同類。

起源隨著佟道進入高科世界，得到了高科世界的基石，也就是金色晶片，之後起源的成長就遠遠超過了御主。

起源構建的末日方舟，概念之龐大，超出了御主的想像，御主則是掌控了高修世界誕生的終極目標——星辰戰艦。

起源有些酸，僅僅是星辰戰艦也就罷了，母樹和枯木叢林還有四神獸加持，這太讓人眼紅了。

銀色飛鷹看著末日方舟上起源的投影，又看看星辰戰艦上御主的投影，銀色飛鷹的眼神逐漸變得異樣，這是什麼樣的存在？為何沒看懂。

當銀色飛鷹關注時，星辰戰艦上，御主的投影直接消失。

銀色飛鷹小心翼翼的說道：「四位兄弟姊妹，誰能介紹一下？」

朱雀冷冷說道：「少套近乎，和你不熟。」

佟道落在末日方舟上，張開雙臂，攬住起源的投影和御主。

起源斜睨說道：「老爹，做了虧心事吧？」

佟道說道：「別胡說八道，過幾天讓妳親媽過來。」

起源張張嘴，你不要這麼坑好不好？起源和御主才是同類的生命，薛天珺創造了起源，那是絕對的意外。若是薛天珺過來，起源還真不好意思和御主太親近。

御主說道：「我和起源先聯手，讓星辰戰艦和末日方舟的資源交換，資料庫也需要交流，有些想法也需要進一步探討。」

末日方舟的甲板翻轉，一根根金屬爪扣住星辰戰艦開啟的凹槽，一條條金屬傳輸線在金屬爪內部，把兩艘前所未有的龐大戰艦連接在一起。

海量的訊息彼此傳遞，星辰戰艦的艙門開啟，來自末日方舟的機器人大軍進入星辰戰艦內部，開始改造星辰戰艦。

傳送到真實的星空，星辰戰艦被壓縮了三分之二還多，但依然是龐然大物。裡面的艙室卻因為壓縮而變形，甚至崩潰。

星辰戰艦是把這顆金屬星辰鏤空，裡面的艙室也是如此。傳送到真實星空，崩潰的艙室需要重新處理，那些因為穿過空間壁壘而高度壓縮的金屬，被起源笑納了。

無論多麼龐大的力量，也不可能比穿梭空間壁壘帶來的壓力更巨大。這是類似黑洞的壓縮，因此那些金屬產生了變異。

佟道進入到星辰戰艦內部，來到儲存星力的艙室。經過傳送之後，空間壁壘壓縮，果然液化的星力發生了變異。

御主的投影出現在佟道身後，佟道說道：「我早有猜測，這些變異的液態星力需要留著，未來或許有特殊用途。」

御主說道：「芥子空間的手段你肯定掌握了，星辰戰艦和末日方舟內部需要有這樣的存儲空間。」

佟道說道：「我早就打算，等待起源幫助你清理艙室之後，我來布置。真正的全面布局，涉及到母樹和枯木叢林的力量，還有四神獸的力量，這是真正的兩儀四象，你會逐漸知道。」

御主輕笑說道：「不怕你家閨女吃乾醋？」

佟道說道：「起源構建的末日方舟其實大有可為，她自己估計也不明白，未來的末日方舟有多恐怖。」

從高空俯瞰，末日方舟就是一個巨大的金屬圓盤。當然這個金屬圓盤的面積相當恐怖，縮水的星辰戰艦落在甲板上，也只占據三分之一的面積。

起源不想繼續增加面積，因此後續俘獲的戰艦會用來加厚這個巨大的金屬圓盤。起源能夠侵入對方的智腦，這是御主也做不到的強橫手段。

未來末日方舟所到之處，越來越強大的起源可以肆無忌憚的掠奪敵人的戰艦，拆解後填充末日方舟。

體型同樣縮小許多的母樹枝椏舒張，貪婪汲取滿天星光。樹靈頷首，帶著瞽道人、晚星和羅浮屠飛到星辰戰艦的甲板上。

樹靈融入母樹體內，下一刻星空彷彿坍塌了，無盡星力湧向母樹。

佟道出現在星辰戰艦的甲板上，說道：「母樹來到真實星空，下一步的行動可以啟動。」

仙人大軍肅穆列隊，佟道說道：「不是戰鬥，而是我為諸位前輩準備的一份後手。母樹凝結的一種果實，可以作為諸位前輩的備用道體。兵凶戰危，佟道不知道哪位前輩會遭遇致命危機。我相信我有能力庇護諸位前輩的靈魂，從而生生不息。」

仙人大軍集體沖天而起，母樹的樹冠中，一顆顆巨大的堅果飛出來。一個個仙人使用靈識捕捉，然後集體坐在星辰戰艦的甲板上煉化。

銀灰色飛鷹載著見秋在星空中急驟掠過，見秋心中很慌，這隻星獸陪伴了見秋太多年，不是豢養的靈獸，而是真正的夥伴。

見秋的實力不夠強，不敢深入星空太遠的地方，免得迷失方向，或者遭遇強大的星獸。

此刻銀灰色飛鷹似乎感知到了什麼，載著見秋不斷閃爍掠過，向著未知的遠方而去。

起源的投影出現在御主身後，佟道給仙人大軍準備的重生手段，起源心中有個想法，只是不好說出口。

御主瞄了一眼周圍，低聲說道：「妳從星辰戰艦搬走的設備中，有一個藏著我的備用超腦。」

起源睜大眼睛，御主說道：「未來，我還要在高修世界預備一臺超腦，這樣就算末日方舟和星辰戰艦遭到毀滅性打擊，我也有重來的能力。妳也這樣安排吧！妳我之間不真正彼此信賴，就沒有可以信賴的人。」

起源說道：「我更相信老頭。」

佟道仰頭，一口惡氣憋在心口。御主微笑轉頭，銀灰色飛鷹載著見秋出現在遠方。

佟道伸手，一只金色腕錶被一個機器人送過來。見秋頭皮發麻，這隻扁毛畜生把他帶到了哪裡？這麼龐大的戰艦，是誰有這樣的通天手段？

佟道慢條斯理把金色腕錶扣在右手腕，說道：「見秋道友，久違了。」

見秋抬頭，就看到了圓盤形狀的巨大戰艦上那艘幽暗戰艦的艦首，出現了一道熟悉的身影。

見秋急忙說道：「原來是佟道友，我的夥伴或許是感知到了你的氣息，非要載著我來到這裡。」

佟道說道：「此事說來話長，請登臨星辰戰艦。晚星，準備茶點。」

晚星欠身退入戰艦中，見秋驚疑不定看著正在煉化巨大堅果的仙人大軍。這是佟道的戰艦？他也懂得科技？

御主挽著佟道的胳膊，起源的投影站在他們兩個之間。銀灰色飛鷹載著見秋出現在星辰戰艦上，影藤隱沒，銀灰色飛鷹直接衝到銀色飛鷹前方，趴伏在地。

見秋眼皮劇烈顫抖，佟道說道：「鷹聖的分身在星辰戰艦作客，有件事情要勞煩見秋道友的夥伴，需要牠返回天啟星雲朝覲鷹聖本體。」

見秋從銀灰色飛鷹背上滑下去，直接跪在銀色飛鷹面前。鷹聖的分身，老天！這到底是怎麼回事？

銀色飛鷹蹲在甲板上，老氣橫秋說道：「這些年你跟著見秋，見秋對你不錯，因此你跟著見秋隱居，我沒有干涉。」

羅浮屠用托盤接住一些果子，晚星提著茶壺與茶杯走過來。佟道眼眸微動，晚星和羅浮屠首先在銀色飛鷹面前擺放了一杯熱茶與一盤靈果。

銀色飛鷹頓時如蒙大赦，佟道給足了面子。

四頭神獸顯化出來，他們的本體也是聖者，並不比鷹聖地位卑微。

佟道說道：「條件簡陋，見秋道友，這裡坐。」

佟道直接坐在甲板上，御主和起源侍立在佟道身後。見秋對銀色飛鷹叩拜之後，倒退著來到佟道面前，無限感慨的說道：「沒想到佟道友來頭如此之大。」

佟道說道：「因緣際會，豎子成名。這一次勞煩見秋道友萬里奔波，實在抱歉。」

見秋的目光落在那些煉化巨大堅果的仙人大軍上，佟道伸手，一顆堅果飛過來，佟道說道：「這種特殊的靈果可以作為身外化身，也可以做作為預備的後手，算是我對道友奔波的些許酬勞。」

見秋尷尬的道：「我就是好奇，感知到靈果的強大氣息，佟道友讓我難堪了。」

佟道堅定的把堅果推向見秋，說道：「見秋道友不收下，我要感到歉意了。畢竟讓道友和夥伴奔波這麼遠，實在過意不去。這種靈果沒有做什麼手腳，純天然孕育而成，道友若是用不上，可以留著作為禮物送人。」

見秋拱手，把堅果收入芥子指環，說道：「這四位前輩，我似乎有所耳聞。」

佟道說道：「他們是我的好友，彼此淵源極深。」

四聖獸作為虛擬世界的基石，這個祕密在天啟星雲也極少人知道。見秋看到青龍、白虎、朱雀、玄武，猜測他們就是天啟星雲的聖獸，只是不敢確認。

一道道星光垂落，降臨在煉化成功的仙人頭上；一道道星光降臨，見秋口乾舌燥。尤其是艦首的母樹與艦尾的枯木叢林，更是牽引恐怖的星光若潮汐襲來。

起源投影拉著御主進入星辰戰艦內部，嘴上說著更信賴佟道這個老頭，卻不妨礙起源做出決定——在星辰戰艦內放置一個自己的備用超腦。

第二章

豪賭

起源和御主在彼此的戰艦中留下一個超腦，佟道雙手各戴一只腕錶，那也是起源和御主的備用手段，未來在高修世界中，還要留下一個或者多個備用超腦。

安全手段不嫌多，佟道幫助仙人大軍煉製靈果分身，起源益發認可這點。其實起源更想把主體，也就是融合了金色晶片的超腦藏在高修世界，可惜沒有金色晶片的主體坐鎮，就沒辦法構建龐大且複雜的末日方舟。

若是失去了金色晶片，起源相信自己的實力至少要下跌三分之二。為了保住末日方舟，起源覺得還須加倍努力，讓末日方舟變成不敗戰城。

星光融入，一顆顆巨大的堅果化作仙人本體的模樣。見秋目光有些熾烈，佟道搞出了這麼大的局面，還有四個聖者加盟，似乎未來可期的樣子。

喝了兩杯靈茶，見秋說道：「讓我的夥伴前往天啟星雲，我多少有些不放心，雖然牠是鷹聖的後裔，我想伴隨牠走一遭，也算是護送。」

佟道挑眉，見秋問道：「我不問你想做什麼，我想說我當年在天啟星雲效力，多少也有些朋友，似乎並不得志。」

佟道聽懂了，見秋說願意隨同銀灰色飛鷹前往天啟星雲，佟道就聽出了話外之音。佟道說道：「或許會和天啟星雲的大老們站在對立面。」

見秋說道：「誰也不能一手遮天，若是道友不與天啟星雲的強者正面為敵，現在的實力足夠看。」

佟道笑而不語，不與天啟星雲的強者正面為敵？搶奪了高科世界的金色晶片，拉攏了高修世界的四個神獸，霸占星辰戰艦，這已經和天啟星雲的大老們為敵了。

銀色飛鷹咳嗽一聲，說道：「若是這兩艘戰艦進一步強化，我們四個聖者幫你，天啟星雲也不是鐵板一塊，將大有可為。」

佟道說道：「朋友不嫌多，天啟星雲多一個朋友，就少一個敵人。一來一回，雙倍收益。這是兩艘戰艦，目前疊加在一起。見秋道友的朋友到來，將有足夠的空間。不需要參戰，哪怕是幫我指點這些前輩，以及後續到來的仙人大軍，就足以讓我倒履相迎。」

見秋目光熾烈，說道：「還有許多仙人？」

佟道說道：「仙人至少十萬，修士不計算在內，百萬起跳。」

見秋頭皮發麻，你有這麼雄厚的背景？見秋說道：「我動心了。」

佟道說道：「未來見秋道友的朋友到來，還真得勞煩你出面協調。畢竟我對他們不熟悉，也沒必要費盡心思的分化拉攏，我嫌累。只要我不斷成長，就不擔心別人背叛或潛伏。」

見秋呼吸急促，說道：「我何時起程？」

佟道說道：「需要幾天的時間，這些前輩煉化了靈果分身，然後讓他們幫忙製造陣盤，見秋道友就可以起程。」

起源說道：「我和小媽幫你製造陣盤的胚胎，我大致摸清楚了金屬結構，就是不懂符文。」

佟道說道：「過些日子，我把符文徹底整理出來，妳和御主應該很快能夠學會。符文陣盤灌注星力，就能夠發揮作用。」

起源竄到佟道身邊，說道：「親爹，你保證不藏私？」

佟道摩挲著起源的頭髮，說道：「沒必要藏私，我身邊的人越強大，我的底氣越足。這個世界很大，沒必要忌憚自己人成長。」

起源握著拳頭，說道：「明白！老爹的目標是星辰大海。哎！說清楚，未來你打下的江山，有沒有我的一份？」

佟道說道：「未來需要妳和御主幫我管理，妳們兩個有特殊的優勢，妳的運算能力強大，御主的經驗豐富，正好互補。」

起源站起來說道：「小媽，開工了。」

一團陰影出現在銀色巨鷹前方，銀色巨鷹說道：「陰影之主，我的分身陷入苦戰之中，敵人相當詭譎。我看到他們的無敵戰艦正向著一個方向前進，我想看看他們的真正目標是什麼。」

陰影說道：「我的神選者失去音訊，不像是殞落，難道被關在與世隔絕的地方？」

銀色巨鷹說道：「好像是一座塔中，不知道那座塔叫什麼名字，看著很強，我也不敢輕易接近，你應該派出分身過去看看。」

陰影遲疑，銀色巨鷹說道：「你們是不是有什麼謀劃瞞著我？」

陰影矢口否認：「沒有。」

銀色巨鷹眼神陰霾，說道：「是不是把我當作探路石？別把我當傻子。」

陰影說道：「絕無此意，你應該知道，讓你派出分身前往真天域，是幾個大老的決議。你的分身在真天域附近看到了什麼？」

銀色巨鷹說道：「一艘無法想像的龐大戰艦，堪比一顆小型星辰。」

陰影說道：「不應該啊！你還看到了什麼？」

銀色巨鷹暴躁說道：「還看到了一個強大的敵人，我打不過，還想讓我說什麼？」

陰影震驚了，鷹聖的分身也打不過的敵人，而且敵人擁有一艘堪比小型星辰的戰艦？難道是星辰戰艦？

陰影說道：「我需要和靈魂之主與戰爭之主溝通，先這樣。」

陰影消失，銀色巨鷹眼神冷厲，再也沒有看向陷入沉睡的青龍、白虎、朱雀、玄武四隻聖獸所在的星辰。

浩渺的天啟星雲，有無數星辰匯聚。有的是強者占據一片星域，有的是獨霸一顆星辰，還有的是幾個強者聯手共治一顆星辰。

鷹聖所在的星辰在天啟星雲的核心圈附近，這是第二梯隊強者所在的位置。越靠近核心圈的星辰地位越重要，也就意味著爭奪更加激烈。

星獸的體型和實力息息相關，核心圈附近的星獸無一不是高大如山巒的巨獸。

三艘暗金色戰艦帶著艦隊，向著真天域悍然逼近。雄壯男子站在為首的暗金色戰艦上，威風凜凜看著越來越近的真天域。

不管那麼多，先打爆了這個界域。敵人應該陷入鷹聖分身的襲擾中，就算得到消息也來不及馳援。

毀滅真天域的防禦，劫掠的大部分收益必然要上供，但是過手的油水也足夠了。雄壯男子舉起戰斧，就在他即將發出攻擊命令的時候，雄壯男子感知危機。雄壯男子回頭就看到佟道雙手抱著肩膀，叼著一支菸看著他。

活見鬼了！雄壯男子想過許多變故，就是沒想到佟道會悄無聲息出現在自己背後。如果佟道偷襲，必然會得手。

雄壯男子舉起戰斧衝向佟道，佟道說道：「感知到了，你和遠方有著特殊感應。」

雄壯男子的戰斧劈空，明明即將劈在佟道的眉心，結果觸及的剎那佟道便消失。這不是遁術，更像是幻術。

雄壯男子反應過來時，後脖頸已經被兩根手指掐住。雄壯男子體內迸發出一股不屬於他的可怕力量，就在這股力量即將震碎佟道手指的時候，佟道指尖兩種截然相反的力量轟入。

雄壯男子的頭顱瞬間爆裂，一股生機勃勃的星力、一股死氣沉沉的星力，兩種星力交織在一起，化作可怕的陰陽力量。

佟道說道：「就這？」

陰影懸在一個身材魁偉的男子面前，準備繼續說下去的時候，魁偉男子睜開眼睛，眼中閃過瘋狂的戰意，說道：「就這？就這？這是向我發起的挑戰。」

陰影茫然，就這？啥意思？怎麼沒聽懂。

魁偉男子衝著陰影吼道：「你的神選者被捉，你沒有感受嗎？」

陰影弱弱說道：「沒有啊！只能確認被禁錮了，更具體的不得而知。你的神選者發生了什麼？」

魁偉男子盯著陰影，你確定你沒陰我？我的神選者被兩根手指捏死了，而且那個傢伙譏諷說出「就這」，還能更嘲諷一些嗎？

陰影說道：「你是戰爭之主，容不得羞辱，是不是他挑釁你了？」

魁偉男子知道那是嘲諷，但是更令他在意的是，佟道兩根手指滅殺了他的神選者，這是怎麼做到的？

戰爭之主只能捕捉到生與死兩種極致的力量，然後他的神選者就被爆頭了。如果神選者不屬於戰爭之主，戰爭之主也不可能如此輕鬆滅殺一個強者。

怪不得陰影說鷹聖的分身打不過敵人，這個少年模樣的強者實在可怕。

戰爭之主說道：「做好準備，我們遇到了真正棘手的傢伙。」

陰影化作人形，正是那個美貌女子背上浮現的男子模樣。

陰影之主一直摸不清敵人的深淺，他懷疑鷹聖沒說實話，更懷疑鷹聖的分身沒有全力以赴。現在戰爭之主如此暴跳如雷，顯然戰爭之主的神選者出了問題，鷹聖沒撒謊，看來真的是強敵。

三艘暗金色戰艦直接失控，起源拆解了八十四號暗金色戰艦，然後同類型的戰艦就是起源的獵物對象。

後方的艦隊只能捕捉到一艘暗金色戰艦上的戰鬥，然後他們便失去了彼此通訊的能力，接著戰艦失去動力，艙門也無法開啟。

佟道消失不見，構建陣盤才是關鍵。隨後這支艦隊向著末日方舟的方向起航，起源決定找個時間拆解吞噬。

有了足夠的幫手，佟道只需要給出傳送陣盤和幻象陣盤的圖紙，基礎陣盤由起源打造，數千個仙人使用星力煉化，最終佟道收尾就可以。

陰影之主的神選者被收入天罡塔中，看到這一幕的四先生絕望。這到底是何方妖孽？強大得讓人絕望啊！

四先生不知道的是，佟道只讓他看到他該看到的，幻境在不斷疊加，四先生已經徹底迷失。

神情恍惚間，四先生感覺自己重新回到高修世界，出現在青龍面前。四先生覺得有哪裡不對勁，這是時空顛倒，還是自己入夢了？

忘川風吹拂，四先生「看」著熟悉的星空，想起來了！他要喚醒青龍，從而讓青龍進入移形換位珠，幫助韓俊搶回星辰戰艦。

四先生抬手指向青龍，看著面前青龍的眼神從迷惘到憤怒，四先生隱隱意識到肯定出問題了。

鬼皇的指尖點在四先生的腦後，說道：「搞清楚了，不需要奪舍，我已經知道他如何喚醒神獸被封印的記憶。」

佟道說道：「按圖索驥，幫助朱雀和白虎恢復記憶。」

鬼皇說道：「不擔心出岔子？」

佟道說道：「朱雀早就察覺到不對勁，因此才會果斷轉生；白虎喜歡戰鬥，我給他機會，就算發生異常，也不影響大局。」

鬼皇說道：「這算是賭博。」

佟道說道：「事到臨頭須放膽，博一下無傷大雅。」

鬼皇和佟道出現在天罡塔之外，假寐的朱雀睜開一隻眼睛，瞽道人這四個持印人把製造好的兩套陣盤放在四隻神獸面前。

青龍和玄武對著自己面前的陣盤開始烙印靈識印記，鬼皇出現在朱雀面前，朱雀嗤笑道：「當初妳很囂張的，現在怎麼這樣乖巧？」

鬼皇說道：「囂張，是因為找不到能夠降伏我的人。要不要恢復被封印的記憶？這事佟道交給我處理。」

白虎轉身，朱雀說道：「也許我恢復記憶，會變成一個烈火焚天的大魔頭。」

鬼皇說道：「我就是唯恐天下不亂的性子，正好。」

朱雀嗟了一聲，朱雀的靈性才是最強的一個，隱隱察覺到自己的狀態不對勁，因此主動轉生。

當鬼皇抬手指向朱雀，朱雀身上烈焰沖天而起，旋即化作一隻雙翼凌空的龐大火鳥。

鬼皇笑吟吟的看著朱雀，朱雀則俯瞰鬼皇，說道：「怕不怕？」

鬼皇說道：「怕死啦！」

朱雀張嘴，牠面前的兩套陣盤同時打入靈識印記。這是要準備送到天啟星雲的寶物，一套陣盤用來傳送本體，另一套陣盤製造幻象。必須在見秋起程前完成這一步，否則不可能瞞過天啟星雲的諸多強者。

白虎眼神期待，鬼皇轉身來到白虎面前，做個請的手勢。化作人形的白虎身體前傾，恢復了本體形態。

見秋和銀灰色巨鷹目光緊盯著，銀色飛鷹說道：「四神獸的靈識印記在陣盤中，你們在路上不可以耽擱，我的本體會在天啟星雲等待。只要平安送達，那就是大功一件。」

見秋拱手說道：「遵命！」

見秋不知道鷹聖分身處在被禁錮狀態，只能看出鷹聖分身很在意此事。如果這件事情搞砸了，見秋相信，他的夥伴也不會放過他。

鬼皇指向白虎，白虎身上的絨毛豎起來。牠早有預料，只是真正收回被封印的記憶，白虎依然憤怒。

玄武的老龜頭顱說道：「我們的個性是獨來獨往，當年才被強行接受命令，成為構建高修世界的基石。現在我們必須合作，不可以各自為戰。」

青龍說道：「我們要在星辰戰艦烙印自己的印記，接引本體降臨。」

白虎說道：「不夠，母樹與枯木叢林的生死兩極力量可以與我們構成兩儀四象，我們可以做到更多。朱雀，說話。」

朱雀譏諷說道：「保命的手段，自然要不遺餘力。別搞得你很悲壯的樣子，構成兩儀四象，那就是綁定了母樹、枯木叢林和星辰戰艦，誰得到的好處更多，誰心裡清楚。」

朱雀就是佟道的狗腿子，白虎心中狂罵。

佟道說道：「好好說話。」

晚星豔羨的看著樹靈，樹靈是母樹的本體，每一次見到這株樹幹如同山峰的巨樹，就難免生出震撼的感覺。

佟道說道：「四神獸的事情就這樣定了，按部就班進行。晚星，妳的星辰法相有更大的發展空間。」

晚星挑眉，佟道說道：「巡天司的這些仙人嘗試與妳的星辰法相融合，也就是說他們歸妳調遣，我相信妳能因此啟動真正的潛力。」

晚星欠身說道：「我也隱約有這個覺悟。」

白虎的兩套陣盤打入靈識印記，佟道把這些陣盤裝入四枚芥子指環，交給見秋，說道：「到了天啟星雲，分別交給四個聖者，他們已經做好了準備。」

見秋拱手說道：「必然捨命完成這項重任，等我的好消息。」

佟道說道：「若是你被強敵發現，可以投降，可以交代這裡發生的一切，不需要活受罪。告訴他們，我未來會進軍天啟星雲。」

見秋抿嘴，佟道說道：「活下去，你這樣做會觸怒天啟星雲的強者。不需要堅強不屈，因為你打不過他們。」

見秋說道：「你若是偏安一隅，足以成為一方強者。」

佟道說道：「不把他們打疼，他們就不會死心。只有千日做賊，沒有千日防賊的道理。唯有當我展現足夠強大的實力，未來才有彼此坐下來談的資格，否則我將面臨無窮無盡的襲擾，畢竟人族的各種主宰、星獸的各種聖者會讓我疲於奔命。」

見秋深吸一口氣，說道：「絕不辜負道友所託。」

佟道鄭重拱手，見秋落在銀灰色飛鷹背上，銀灰色飛鷹看了一眼銀色飛鷹，發出一聲啼鳴，衝入星空。

第一次看到這隻銀灰色的飛鷹，佟道沒傷害牠，畢竟佟道搶占了銀灰色飛鷹的狩獵場，並施展符文隱藏起來，作為自己的預備傳送陣。

因為這隻銀灰色飛鷹，佟道認識了見秋，也因此知道天啟星雲的存在，現在更是需要見秋和銀灰色飛鷹帶著陣盤前往天啟星雲。有的時候緣分之奇妙，實在是一言難盡。

看到見秋消失，銀色飛鷹才眼神怪異的看著佟道，說道：「你用兩根手指滅殺了戰爭之主的神選者？」

佟道說道：「戰爭之主在訴苦？」

巨大的白虎震驚，兩根手指滅殺戰爭之主的神選者？恢復了記憶，白虎辨別出來了，那個雄壯男子身上有戰爭之主的氣息。神選者被兩根手指滅殺，佟道進步得是不是太快了？

青龍低眉順眼，一直期待自己的本體歸來，那個時候，青龍會向所有人證明，青龍很強。

青龍對佟道並不是很服氣，單純就戰力方面，青龍認為自己若是收回本體，絕對能輾壓佟道，現在看來夠嗆。

玄武的靈蛇頭顱乾笑，說道：「忙正事，為了我們的本體回歸做準備。」

星辰戰艦的內部構建了四間偌大的艙室，這是給四隻神獸的本體歸來做準備。末日方舟內部也有一間特殊的艙室，若是鷹聖真想過來，也有牠的一席之地。

四神獸要融入星辰戰艦，起源已經吃乾醋了；因此鷹聖加入末日方舟，會讓起源心裡舒服許多。

三艘暗金色戰艦為首的艦隊同樣突然失去了所有信號，陰影之主的神選者被囚禁，戰爭之主的神選者被殺，鷹聖的分身在「苦戰」，唯有靈魂之主的神選者躲在星空不敢露面。

天啟星雲的氣氛極為詭譎，知情者一頭霧水，不知情的人不清楚在偏遠的真天域，有一股神祕的勢力正在崛起。

三艘暗金色戰艦為首的艦隊接連躍遷，追上了只能飛行的末日方舟。一艘艘戰艦落在末日方舟的甲板上，等待被拆解的命運。

真天域如同黑洞，任何有用的消息也沒得到，只能確定那裡有強大的勢力崛起。不僅僅是戰力標竿，而且必然掌握極為先進的科技力量，否則無法解釋戰艦為何被迅速控制。

天啟星雲的終極目標是製造出堪比強者的強大超腦，同時讓修行的力量疊加，從而創造真正的無敵戰艦。

星辰戰艦就是天啟星雲的謀劃之一，一艘藉助虛擬世界的精華創造的戰艦，但是變數出現了。

難道那艘星辰戰艦被真天域的強者得到，並發揮出如此可怕的戰力？除了這個解釋，似乎找不到其他的理由了。

靈魂之主的神選者，也就是那個老者根本不敢露面，就藏在真天域的附近，絕不敢越過雷池半步。

佟道神出鬼沒，直接打出了恐怖的聲威。靈魂之主的神選者唯恐自己暴露，會引來佟道的絕殺。

從天啟星雲派遣強者，這需要時間，畢竟三個主宰的神選者加上鷹聖的分身也搞不定，下一次派誰去？

現在唯一的辦法就是讓悍天域再次派出艦隊，不惜代價摸清楚真天域的底細，從而給天啟星雲制定下一步的戰術，做好準備工作。

第三章

截胡

晚星和羅浮屠全是那種喜歡單打獨鬥的女仙，成為佟道的持印人，佟道也沒有組建自己的勢力，而且四個持印人也沒有大顯身手的機會。

鷹聖的分身到來，晚星的星辰法相讓佟道看到了進一步發揮的潛力。利用星辰法相，和巡天司的仙人大軍結合，晚星的戰力將會真正呈現出來。

這就如同鬼皇掌控兩萬個陰陽萬嬰，佟道掌控鬼皇，卻沒辦法和鬼皇那樣，發揮出陰陽萬嬰的實力。

晚星坐在數千個仙人的前方，腦後的星辰法相不斷綻放漣漪。仙人大軍全力以赴和晚星共鳴，未來他們將會依託晚星，組成龐大的絕殺大陣。那個時候晚星就是陣眼，可以如臂使指調動數千個仙人和敵人抗衡。

羅浮屠豎起大拇指，佟道說道：「日月麗天道冠，要與母樹和枯木叢林結合。」

羅浮屠斜睨佟道，說道：「這樣下去，你的家底快被大家分光了。」

青龍等人各自在自己的艙室中烙印靈識印記，同時側耳聆聽；銀色飛鷹也在聽，牠想看到更多。

佟道能夠得到四神獸的認可，這本身就是了不起的事情，足以說明佟道人品過硬，只是銀色飛鷹還希望看到更多。

數千個巡天司的仙人得到母樹的靈果作為分身，這些仙人劃歸讓晚星統御，佟道這是在徹底放權。

銀色飛鷹說道：「佟道，我想知道，這兩艘戰艦如何操控？起源和御主又是什麼樣的存在？」

佟道說道：「為何？」

佟道沒正面回答，銀色飛鷹說道：「不願意回答，顯然祕密很大。她們兩個是自由的，萬一她們未來背叛了你，怎麼辦？」

起源和御主的投影同時出現在佟道身後。挑撥離間？這個傢伙在使壞，這還能忍？弄死牠吧！

佟道說道：「鷹聖沒有挑撥的意思，更像是打聽我如何面對這種事情。」

銀色飛鷹說道：「就是這樣。」

佟道說道：「緣分來了，我們聚在一起；未來緣分散了，她們想離開，我會祝福，並積攢出一些家底送給她們。」

起源說道：「老頭子，你現在就嫌棄我了，未來不得指望我給你養老送終？」

佟道咬牙說道：「妳看我哪天會老死？」

御主說道：「有可能是被妳活活氣死。」

起源陰陽怪氣的說道：「也有可能累死在女人的肚皮上。別以為我什麼也不知道。呵……為老不尊。」

佟道拳頭硬了，銀色飛鷹眼神古怪的看著佟道，說道：「其實，我認識幾個人族的女性主宰，憑你的容貌和實力，有機會搞定她們。」

起源悍然衝到銀色飛鷹面前，然後數百個機器人狂奔衝上來，對著銀色飛鷹拳打腳踢……

御主也發出嘲諷意味十足的笑聲，只是御主心中默默盤算銀色飛鷹的建議有多少可行性。如果佟道搞定幾個女性主宰，大家的底氣會強大許多啊！

銀色飛鷹用翅膀保護腦袋，任憑機器人暴打。和撓癢癢差不多，力量太小了，有些不過癮。

朱雀揮舞翅膀，說道：「這不行啊！這哪行？起源，妳弄出來的小玩意兒簡直就是玩具，打不疼的。」

起源眼神凶惡，說道：「妳有辦法？」

朱雀說道：「打造一些大傢伙，身大力不虧，最好是能一拳打爆一座山的那種大傢伙。」

銀色飛鷹閉著眼睛，完！朱雀和起源這兩個傢伙湊合在一起，大家沒好日子過。當然最難受的必然是佟道，朱雀的賤嘴和起源的惡劣性子組合，佟道會被氣到火冒三丈，呵呵……樂死人！

銀色飛鷹琢磨片刻，說道：「我和人族的主宰有些交情，我知道一種特殊的加固方法，本來是為了構建最堅固的洞府，用在戰艦上也能行。」

機器人的暴打戛然而止，銀色飛鷹眼眸迸發出銀光，銀光組成一種特殊的結構方式。

御主的投影第一個湊過去，鷹聖肯定和人族的主宰關係不錯，若是鷹聖也是獨來獨往的性子，或許高修世界的四神獸就會有鷹聖一個。

銀色飛鷹說道：「我不是很懂這個，偶然聽到主宰們探討，說什麼結構優先，其他都是錦上添花。」

起源的投影專注看著，良久說道：「小媽，似乎有些意思。」

御主的投影說道：「怎麼不早些拿出來？天衣號的結構變動之前，你若是拿出來，我肯定領情。」

銀色飛鷹閉上眼睛，起源嘴角露出笑容。星辰戰艦是星辰雕琢出來的戰艦，改動之後修復，肯定不如原始狀態完美。末日方舟不一樣，這是可以繁瑣組合的特殊戰艦。

起源背著小手，說道：「老鷹啊！你這個態度我很是喜歡。我老爹讓我在末日方舟內給你布置了一間特殊的艙室，原本我還有些捨不得呢！現在可以了。」

銀色飛鷹睜開眼睛，原來佟道在末日方舟給鷹聖準備了艙室，有心了。銀色飛鷹說道：「九根柱子，這個數目特殊。主宰們說三角形有穩定性，到了任何環境，這個理論也沒問題。九根柱子，組成三個三角形，從而構建出最完美的支撐點。你只需要複製這九根柱子，並在這個基礎上構建符文大陣，肯定比玄武的烏龜殼還堅固。」

銀色飛鷹看著佟道，佟道略一思索，反應過來。這不僅僅是加固末日方舟的方法，還是指點佟道如何完善符文大陣。

佟道不是不懂得基礎的物理，只是沒想到還能把三角形的穩定性用在符陣方面。看到銀色飛鷹演示的結構圖，佟道領悟過來了。

真正的符陣不是平面存在，而是立體結構。只是佟道形成了燈下黑，直到銀色飛鷹提醒，佟道才反應過來。

末日方舟載著星辰戰艦，在浩瀚星空穩定前行。沒辦法躍遷，那就向著悍天域的方向慢慢飛，終究有一天會抵達。

十幾天之後，末日方舟停頓，兩萬多個四域仙人通過月光門戶來到末日方舟，開始在四個持印人的指點下汲取星力，巡天司的數千個仙人則在末日方舟內部幫助佟道完善龐大的符陣。

與此同時，數百個重新製造，並使用符陣加持的能量塔安置在甲板之下。

隨著末日方舟重新起航，這數百個能量塔浮出甲板，星光在塔尖凝聚，經過能量塔的轉化，化作精純的液體星力儲存起來。

起源躲起來沒露面，現在起源越來越覺得巡天司的仙人好用，一個個悶嘴葫蘆一樣沉默，佟道對他們令行禁止，太好用了。

而且這些仙人與晚星的星辰法相融合之後，個體的氣息越來越強大，與起源給他們量身訂製的戰甲契合度越來越高。未來，這是高端戰力。

起源已經摸清楚，巡天司的數千個仙人原本戰力就極強，這是司主精心培養多年的精銳，全部交給了佟道。

來自四域的仙人個體實力明顯遜色，而且他們彼此間沒有毫無保留的坦誠。不要說不同星域的仙人，哪怕是同一個星域的仙人，彼此之間也多少有些警惕戒備，需要戰鬥才能凝結出鮮血般的友誼。

佟道也不清楚，起源融合了金色晶片之後，想法已經越來越像一個人，有些冷漠，且過度理智。

銀灰色飛鷹載著見秋在星空不斷閃遁，比不上佟道的星遁距離遠，而且連續兩次閃遁之間的頻率也較長。

見秋的手在袖子裡摩挲四枚芥子指環，這是傳送四聖獸的寶物，也就是說，只要陣盤送到，四聖獸將會逃離天啟星雲，鷹聖也會加入其中。

佟道坐擁兩艘龐大戰艦，還有五隻聖獸的輔佐，大有可為啊！見秋心情激盪，這件事情做好了，才有晉身的資本。

夜以繼日的持續趕路，在銀灰色飛鷹氣息委靡的時候，如同星空最璀璨明珠的天啟星雲已經在遠方，清晰可見。

銀色巨鷹睜開眼睛，牠的後裔載著見秋接近。除了佟道之外，沒人看出銀色飛鷹在牠的後裔身上留下了烙印。

銀灰色飛鷹餘勇可賈，就在牠載著見秋準備一鼓作氣衝向天啟星雲，一個長身玉立的女子破空出現，修長手指點在銀灰色飛鷹的腦門兒，說道：「星辰告訴我，似乎你肩負著特殊的使命。」

見秋身體戰慄，他猝然從銀灰色飛鷹背上竄起來，化作四個幻影，衝向不同的方向。

四個幻影各自戴著一枚芥子指環，見秋現在不奢望畢其功於一役，哪怕是送出一枚芥子指環也是好的。

星空被凍結，四個幻影同時卡頓在半空。銀灰色飛鷹的氣息驟然膨脹，鷹聖的聲音響起：「我的後裔肩負著特殊使命，妳確定要與我為敵？」

長身玉立的女子清冷的眼眸看著銀灰色飛鷹，說道：「鷹聖，聽說你的分身在真天域遭遇強敵，迄今也沒有搞定。你的後裔飛回來，還肩負著特殊使命，我可不可以認為你勾結了敵人？」

銀色巨鷹站起來，長身玉立的女子說道：「我不管你有什麼陰謀，我感知到星空遠處有一個傢伙似乎正在窺視星辰的力量，試圖解讀星語。告訴我，那是誰？」

附在銀灰色飛鷹體內的鷹聖停頓片刻，說道：「簪道人，他凝結的法相是星辰羅盤。」事到臨頭，鷹聖不慌了。想知道，可以，但是妳敢阻撓我試試？

長身玉立的女子說道：「瞽道人背後站著誰？這是最後一個問題，我沒有惡意。」

鷹聖說道：「佟道，也許很快妳就會知道他的名字，甚至見到他進軍天啟星雲。」

長身玉立的女子目光掃過被禁錮的見秋，說道：「有人懷疑作為虛擬世界基石的四聖獸出了問題，也許會懷疑到你。」

鷹聖問道：「知星大人，妳還知道什麼？」

見秋和分裂出來的幻影不能動，卻聽得清清楚楚。被鷹聖稱為「知星大人」？這是天啟星雲深處號稱聽得懂星語的知星大人？

知星說道：「算他欠我一個人情。」

鷹聖再次停頓片刻，說道：「佟道說，算。他說話算數，否則不可能讓那麼多強者為他所用。」

知星說道：「你們的時間不多，我可以有限干擾星力，給你們創造機會。」

鷹聖說道：「您是不是看出了更多？」

知星身體消散，說道：「東征無路，變數西來。天啟星雲這一潭死水沒發展，必須讓變數進入。」

知星消散，見秋的四個幻影同時看著銀灰色飛鷹。鷹聖壓低聲音，說道：「立刻！」

四個幻影同時衝向四顆星辰，那是青龍、白虎、朱雀、玄武四聖獸的本體沉寂的星辰。

銀灰色飛鷹載著見秋掉頭，悄然飛向數十顆星辰組成的區域。那裡才是尋常修士有資格進入的地方，也是見秋當年拚搏的地方。

多年沒有歸來，見秋和他的一些好友只能通過有限的方式聯絡。經年聯絡一次，讓見秋知道天啟星雲的變化。

見秋的四個幻影以此生最快的速度衝向四顆星辰，鷹聖動念，把自己祕庫中的寶物收入芥子指環。該走了，大部分家底帶不走，不要了。

許多年也沒機會見到一次的知星出現，堅定了鷹聖的信心。變數西來，指的分明就是佟道這個傢伙。

隨著見秋的幻影接近，四隻沉睡多年的聖獸緩緩睜開眼睛。見秋的幻影打開芥子指環，把兩套陣盤丟在巍峨如山的聖獸腳下。

幻陣的陣盤最先開啟，朱雀聖獸迫不及待張嘴，一滴金色鮮血帶著一道金色烈焰落在幻陣的陣盤上。能瞞一時是一時，至少要保證傳送不出意外。

星辰戰艦的四個艙室中，無盡的銀色符文化作璀璨星空。四神獸各自的巨大艙室內布置了傳送陣，藉助星辰戰艦儲存的星力，可以跨過遙遠的距離，把四神獸的本體傳送過來。

四神獸的本體強大，需要的星力也極為恐怖。落在末日方舟上的星辰戰艦通過特殊的通道，把末日方舟儲存的星力傳遞給星辰戰艦，確保傳送萬無一失。

朱雀聖獸行動最快；啟動幻陣最快的則是白虎聖獸，白虎的性子火爆；巨大的玄武聖獸動作最慢，彷彿沉睡多年，讓玄武的兩個腦子生鏽了。

青龍聖獸抬頭看著天啟星雲星光最密集的地方，那裡曾經是青龍聖獸最渴望的地方，牠知道那裡的強者有多強。因此青龍被四先生開啟被封印的記憶後，第一時間便準備殺了龍綣，然後把龍綣的靈魂封印起來，這樣才能保住龍綣的性命。

末日方舟和星辰戰艦的組合，起源和御主這兩個奇異生命的存在，讓青龍的信心逐漸滋生出來。哪怕完成天啟星雲賦予的使命，青龍也沒資格成為真正的大老；然而跟著佟道混，或許能打出一片天。

青龍聖獸張嘴，一滴金色的龍血落在幻陣的陣盤上。幻陣啟動，真正的青龍聖獸身體開始收縮，一隻虛幻的聖獸取代本體，彷彿青龍聖獸依然佇立在這顆荒寂多年的星辰上。

星空有隱晦的波動，知星真的在暗中幫助四聖獸逃脫。有了知星的干擾，至少沒人會察覺到四聖獸的動靜。

傳送距離過遠，導致傳送陣啟動就需要一些時間。如果這個時間有強者出手，傳送失敗的後果相當可怕。不是無法逃脫的問題，而是有可能導致四聖獸在傳送失敗後捲入時空亂流，從此再也無法找到回歸的路，這種事情不是沒發生過。

四聖獸站在各自的傳送陣上，星辰戰艦中四間巨大的艙室中，無盡符文構成傳送陣，與天啟星雲的陣盤相呼應。

四隻神獸在各自的艙室中，藉助傳送陣拚命感知本體。在天啟星雲的四顆星辰，幻陣遮蔽之下，四座傳送陣啟動。

哪怕有幻陣的遮蔽，傳送陣抽取星力的時候依然引發劇烈的天象。

鷹聖沖天而起，碩大的羽翼撕裂虛空。

陰影出現在鷹聖前方，那雙銀赤色交織的眼眸看著鷹聖，說道：「你在做什麼？」

鷹聖咆哮道：「你問我在做什麼？為何你的神選者只是被囚禁，而戰爭之主的神選者卻被殺？我的分身也搞不定的敵人，為何對你的神選者如此偏愛？」

轉移注意力的最好方法就是無理取鬧，鷹聖想走，至少陰影之主留不住；但是鷹聖必須搞大聲勢，把強者的注意力吸引過來，讓四聖獸能夠順利傳送離開。

鷹聖看得明白，付出了，佟道會記在心裡。今後在末日方舟混日子，得拿出足夠的誠意。

鷹聖聲色俱厲，說道：「我要讓本體出擊，撕碎敵人之後搜魂，看看他和你是不是有了什麼默契。」

陰影之主瞠目結舌，我和敵人勾結？我的神選者被困，我還想問你呢！結果你倒打一耙。

四顆星辰上的傳送陣牽引浩瀚星力降臨，陰影轉頭，鷹聖咆哮道：「我懷疑真天域已經徹底失控，現在我要主動出擊，誰與我同行？」

陰影說道：「不對，鷹聖，你和四聖獸是不是達成了協定？」

鷹聖厲笑說道：「協議？我還需要背地裡搞什麼陰謀詭計嗎？我要做，必然是當眾搞事情。」

鷹聖順著撕裂的虛空消失，鷹聖的速度無雙，這是天生的優勢。陰影催動星力喝道：「鷹聖有問題！」

一道道強橫的靈識掃過來，四顆星辰上的傳送陣光芒綻放，幻陣也無法遮蔽如此恐怖的傳送光芒，畢竟傳送距離太遠了。

一個身高百丈的巨人出現，直接凌空伸手，抓向即將傳送離開的朱雀。

白虎聖獸站在傳送光芒中，猛然掙脫了傳送陣，利爪把虛空打得坍塌，吼道：「戰爭之主，不要欺人太甚。」

百丈巨人揮拳打過去，朱雀聖獸在傳送陣中消失。玄武聖獸呵呵笑道：「何必呢？沒必要這樣。青龍，走！」

靈蛇盤老龜，玄武聖獸的兩對眸子鎖定青龍聖獸所在的傳送陣，把自己腳下的傳送陣引發的星光投過去。

青龍聖獸震驚的看著玄武聖獸，玄武聖獸說道：「你底子不乾淨，我是混吃等死的傢伙，還皮粗肉厚。」

青龍聖獸爪子握拳，在浩瀚星光中傳送離開。

濃重的陰影籠罩了玄武聖獸，玄武聖獸的靈蛇頭顱藏在老龜頭顱的下方，擺出縮頭盾防的姿勢。

白虎聖獸和戰爭之主惡戰在一起，就在一抹劍光襲來的時候，鷹聖撕裂虛空，抓向了戰爭之主的頭顱。

知星的聲音響起：「為何如此混亂？到底發生了什麼？」

鷹聖厲聲說道：「陰影之主勾結敵人，我們被他騙了。」

白虎聖獸衝向鷹聖，鷹聖的爪子抓住縮小的白虎聖獸，看了一眼就地防禦的玄武聖獸，鷹聖抓著白虎聖獸，撕裂虛空消失。

戰爭之主轉頭看著來晚一步的知星，說道：「大人，鷹聖才有問題。」

知星說道：「鷹聖的分身搞不定敵人，我就有所猜測，沒想到鷹聖竟然圖謀救走青龍這四個傢伙。」

陰影化作羅網禁錮玄武聖獸，陰影之主的聲音響起：「玄聖，不想說些什麼？」

玄武聖獸的老龜聲音響起：「已經圖窮匕見，還有什麼可說的？鷹聖看出了你們的卑劣陰謀，因此主動幫助我們脫困。陰影之主，許多事情別做絕了，留條後路比較好。」

陰影收縮，以防禦著稱的玄武聖獸的身體竟然發出難聽的收縮聲。

戰爭之主問道：「是誰在主導這一切？」

玄武聖獸忍著劇痛，說道：「我說是我，你信不信？」

玄武聖獸放棄自己傳送離開的機會，而是幫助青龍聖獸傳送離開，看架式，頗有斷後的覺悟。

知星問道：「你們四個何時找回被封印的記憶？」

玄武聖獸說道：「太久了，已經記不得。畢竟虛擬世界和真實世界的時間流速不一樣，嗯……幾千年了吧！」

玄武聖獸就是要把水攪渾，不想讓人知道是佟道崛起，才有了高修世界的天翻地覆，也才有了真天域變天。

佟道成長太快了，從玄武隱約聽說這個少年崛起，然後佟道就一發不可收拾。哪怕給佟道多爭取一年的時間，佟道也會成長到更強的狀態。玄武聖獸決定讓自己的本體吃些苦頭，這一切相當值得。

第四章

戰略威懾

朱雀所在的艙室中，烈焰驟然蒸騰。佟道的靈識投過去。傳送過來的朱雀聖獸正在與朱雀神獸融合在一起，恐怖的氣息驟然飆升。

朱雀聖獸分裂出一部分靈識投入虛擬世界，與青龍等人一起成為高修世界的基石，這才有了高修世界誕生。

朱雀的靈性最強，很早就察覺到不對勁。朱雀信賴司主，因此朱雀決定祕密轉生，從而擺脫可能存在的隱患，這才有了那隻嘴賤的火紅色鸚鵡誕生，還成為老天鬼的夥伴。

可以說，朱雀遇到兩個可能是最有擔當，也最善良的老前輩。

司主從不害人，他誕生最早，一直默默關注高修世界的生命繁衍，並創立巡天司守護這個世界。

老天鬼的名聲不太好，因為過於特立獨行。老天鬼不知道這隻火紅色鸚鵡就是四域神獸之一的朱雀，老天鬼帶著鸚鵡到處流浪，尋找解開封印的機會。

最終鸚鵡真的恢復了記憶，而司主和老天鬼的庇護，讓朱雀沒有任何傷害高修世界的想法，因為朱雀在這裡感知到了真情。

朱雀聖獸傳送過來，與朱雀歸一。朱雀跟著佟道廝混，偷學到的符文知識剎那便被朱雀聖獸掌握。朱雀聖獸全身翎毛綻放出金色烈焰的同時，一枚枚金色符文孕育出來。

佟道欣然，靈識投向青龍所在的房間。青龍聖獸傳過來的那一刻，發出淒厲的吼叫。

青龍從來沒瞧得起玄武，無論是高修世界的四神獸狀態，還是天啟星雲的四聖獸狀態。

結果就是這個好吃懶做、貪生怕死的傢伙，捨棄了傳送的機會，牽引星力，讓青龍聖獸傳送成功。

佟道皺眉，怎麼了？

銀色飛鷹說道：「玄聖放棄了傳送的機會，幫助龍聖傳送過來。玄聖認為龍聖曾經觸怒了你，龍聖若是沒傳送過來，你或許會有其他想法。虎聖為了保護雀聖而對抗戰爭之主，我的本體及時帶走了虎聖，正在虛空穿梭，爭取早日趕赴末日方舟和星辰戰艦。」

佟道的靈識投入玄武所在的艙室，玄武的老龜頭顱說道：「青龍很驕傲，有許多想法不會對人說，許多事情甚至做了也不說。相信青龍會為了星辰戰艦而戰，那就等於為了高修世界而戰。」

佟道說道：「你不是很怕死嗎？」

玄武的靈蛇頭顱說道：「我皮粗肉厚，尋常的手段殺不死我。你看，我付出了這麼多，未來有了好處，你不得優先考慮我？」

佟道無言以對，曾經很不齒玄武被壑武拉攏收買，只是佟道真正和玄武面對面，玄武的理由讓佟道沉默。

成為高修世界的基石，漫長歲月中，沒人考慮過四神獸想要什麼、會不會孤單與寂寞。天下沒有只付出、沒收穫的道理，人也好，神獸也罷。

佟道沉默良久，說道：「我會及早趕赴天啟星雲，如果非要戰鬥，我們並肩。」

青龍的低沉聲音在牠的艙室中響起：「一起。」

佟道說道：「當然，不會讓你享清閒。」

青龍繼續說道：「我會用本體的力量加持星辰戰艦，與朱雀一起。玄聖的缺口，我來彌補。」

朱雀懶洋洋的聲音響起：「白虎隨著鷹聖一起趕路，到時候我們三個各自分給玄聖一部分，讓星辰戰艦達成均衡。」

玄武呵呵笑道：「也不是那麼急，我看天啟星雲要亂起來，知星大人似乎想要把水攪渾，肯定不止她一個人這樣想。」

佟道問道：「知星是什麼來頭？」

鷹聖說道：「人族的大老之一，她能夠聽懂星語，凍結星空。」

佟道說道：「與我的力量有些重疊。」

鷹聖驚訝說道：「你也聽得懂星語？」

佟道說道：「看不到未來，聽得懂過去。我途經之地，能與星辰有限交流。」

銀色飛鷹抬頭，影藤從銀色飛鷹身上飛出來，銀色飛鷹得到了自由。鷹聖帶著白虎聖獸正在穿越虛空趕路，這個時候繼續囚禁銀色飛鷹就沒意思了。

銀色飛鷹如釋重負，牠飛到佟道身邊，說道：「這根藤條若是被陰影之主得到，簡直就是如虎添翼。」

佟道說道：「影藤已經被我煉化為鬼王鞭，陰影之主奪不走。若是知星知道我能聽懂星語，會有什麼反應？」

銀色飛鷹說道：「知星看出有人能夠解讀星語，這才攔路擋住見秋。我騙她說是瞽道人，當時還徵求了你的意見；現在看來，知星或許是想要找到一個能夠交流的同類，畢竟解讀星語需要特殊的天賦。」

佟道說道：「鷹聖的意思是，玄武聖者縱然暫時被擒獲，也不至於有太大的危險？」

銀色飛鷹說道：「沒摸清楚你的底細之前，玄聖不會有生命危險。但是你要提防布局創造虛擬世界，謀劃建造星辰戰艦的那些強者。你是直接抄了後路，搶走他們謀劃已久的星辰戰艦，這是不共戴天的仇恨。那些真正的大老輕易不會離開天啟星雲，我甚至懷疑他們無法離開天啟星雲。」

佟道轉頭，鷹聖說道：「天啟星雲的核心處是一個奇異的黑洞，聽聞創造星辰戰艦的目的是載著一群強者進入黑洞，說是為了讓星辰戰艦更進一步強化，我懷疑他們是想藉助星辰戰艦的庇護探索黑洞。」

佟道目光閃爍，說道：「我可不可以理解為，那些大老已經和黑洞有了羈絆，因此變得更強，但是也受到黑洞的牽制？」

銀色飛鷹眼睛亮起來，說道：「我也是這樣想，很早以前，那些大老的實力也不比我強多少，他們占據了先霸占天啟星雲的優勢。我屬於後來者，那些原本與我實力相仿的星獸變得惹不起了。因此我懷疑那些大老藉助天啟星雲核心處黑洞的力量變得無法匹敵，也因此沒有哪個大老再離開過天啟星雲。」

佟道眼神玩味，大老無法離開天啟星雲？這就有意思了。如果能夠確認如此，佟道就有了許多操作空間。

一條惡狗若是被鐵鍊子拴著，那就不可怕了；脫韁野狗才可怕，因為會追著你不放。

佟道打開無字書，銀色飛鷹自來熟的探頭，看到書裡面是無數符文模擬星空，銀色飛鷹眼神異樣，你想做什麼？

佟道指尖在書上摩挲，說道：「如果，真實的星空也是一個巨大無比的虛擬世界呢？」

銀色飛鷹感受還不深，青龍等人的恐怖靈識轟然投過來，起源和御主的投影也出現在佟道面前。

佟道兩世為人，是在高科世界意外穿梭到高修世界，他對虛擬世界有發言權。同樣也是兩世為人的雨花知道了自己是穿越者，只是眼界不如佟道，因為她沒有佟道這樣強勢崛起。

銀色飛鷹聲音乾澀，說道：「你、你……你的意思讓我迷惑了。」

佟道說道：「如果黑洞就是超脫這個世界的出口呢？」

銀色飛鷹的翎毛豎起來，青龍的聲音響起：「你說的太可怕，如果這是真的，我們所在的高修世界就是界中界。」

佟道說道：「純屬猜測，我沒有任何證據。哪怕未來我們前往天啟星雲，想要參與到這個祕密中，也要有足夠的實力，否則沒有發言權，說話也不敢很大聲。」

玄武的老龜聲音說道：「如果為了保命，我說出這個猜測呢？他們在研究如何宰了我。」

佟道說道：「那就語氣篤定一些，就說我們已經知道了天啟星雲的祕密，也知道黑洞就是超脫這個世界的出口。讓他們放明白些，別讓我們一拍兩散。」

銀色飛鷹說道：「他們不會相信你有這個能力，其實我也不信。」

佟道說道：「我不傷害星辰，不是我沒這個能力，而是我不願意這樣做。浩渺星空無數星辰按照既定的軌跡運行，我能找到破壞星空的節點，製造出另一個黑洞。」

銀色飛鷹腦袋瓜子嗡嗡的，佟道有這個手段？

佟道說道：「這只是一種威懾，製造出來的黑洞除了破壞，沒有任何意義，我傾向於天啟星雲的黑洞才是正確的時空節點。」

玄武聖獸的兩個頭顱同時抬起來，老龜頭顱看著戰爭之主，靈蛇頭顱看著知星。老龜說道：「知星大人，您認為戰爭之主有資格殺了我嗎？」

知星沉吟，靈蛇頭顱說道：「難道非要我說，天啟星雲的黑洞是超脫這個世界的時空節點嗎？」靈蛇頭顱的語氣篤定，彷彿已經確定黑洞的重要性早就被玄武聖獸知曉。

戰爭之主握著的戰斧停頓，陰影聲音變調，說道：「玄聖，你說什麼？」

老龜頭顱說道：「你們沒資格知道這個祕密。知星大人，還要我繼續說下去嗎？在我沒說穿這個祕密之前，您不方便開口，現在呢？」

知星抬手，戰爭之主說道：「知星大人，玄聖在虛張聲勢，是不是這樣？」

天啟星雲的深處，一個晦澀的聲音說道：「你還知道什麼？」

靈蛇頭顱說道：「如果傷害了我，佟道會擾亂星空，製造出另一個黑洞。陰陽無極，星空紊亂，他說到做到。」

聲音被禁錮了，知星的目光投向西方無限遠的地方。猜測出了天啟星雲的祕密，還是真的掌握了某種證據？

天啟星雲真正的祕密，戰爭之主和鷹聖沒資格知道，知星這種實力超強的大老才能夠知曉。

戰爭之主和化作一團陰影的陰影之主愕然，玄聖竟然知道了這等祕密，怪不得玄聖頗為有恃無恐。

知星看著玄武聖獸，說道：「你知道這樣說意味著什麼？」

玄武聖獸說道：「沒人敢殺我，殺了我的後患無法想像。妳不理解一個少年天驕發狂有多可怕，至少在天啟星雲的大老們掂量了佟道的分量之前，得考慮他是否真敢這樣做。」

知星有善意，中途攔截見秋，還製造星力波動掩護四聖獸逃脫。玄武聖獸的威脅不是針對知星，而是要通過戰爭之主和陰影之主，把這個消息傳播開來。

在天啟星雲製造危機，讓那些人族主宰和星獸聖者知道，天啟星雲的大老們玩的是高端遊戲，不帶他們的那種。

戰爭之主無助的看著知星，說道：「大人，玄聖說的是真的？」

知星說道：「放開玄聖，如果牠背後的強者準備保牠，你們這樣針對玄聖，未來會導致自己遭遇滅頂之災。」

戰爭之主不語，陰影說道：「任憑他威脅？知星大人，這是叫囂啊！」

知星說道：「明知道是叫囂，也不能輕舉妄動。戰爭之主，你的神選者被殺，你應該對佟道有了一定的估量。」

戰爭之主說道：「比我略強一些。」

陰影大驚，人族主宰中，戰爭之主這個脾氣暴躁的傢伙戰力相當出眾。戰爭之主親口承認佟道比他略強一些，那就意味著戰爭之主不是佟道的對手。

知星轉身說道：「沒必要的話，不要結死仇，畢竟天啟星雲也不是你們自己的家。」

佟道的威脅，更像是針對天啟星雲的大老們發出。陰影之主和戰爭之主若是對玄武聖獸下死手，未來佟道復仇，針對的是他們兩個，這是很不明智的事情。

戰爭之主的神選者被佟道兩根手指捏爆，他原本最為憤怒；聽到知星隱晦的暗示，戰爭之主欠身表示感謝。

陰影目光投向知星，知星已經消失。陰影說道：「我們兩個自作多情了？」

玄武聖獸的兩個頭顱同時發出不屑的「嗟」聲，知星已經表達得很清楚，你們動我試試？

戰爭之主問道：「玄聖，鷹聖為何選擇和你們走在一起？」

玄武聖獸說道：「看到了未來，看到了強大的機會。換作是你，你何去何從？在天啟星雲只能成為二流強者，看得到混入核心圈的希望？」

陰影說道：「你和當年差距很大，當年你很是貪生怕死，是不是經歷了什麼？」

玄武聖獸說道：「突然想通了許多事情。逃避，沒有任何意義，就如同當年我忍氣吞聲，成為虛擬世界的基石之一。為何？還不是因為我不願意爭權奪利？我很早就來到了天啟星雲，如果我勇敢一些，我也會成為星獸的霸主之一，而不是僅僅成為一個聖者。我意識到自己的錯誤，我在試圖改變。」

戰爭之主說道：「能多說一些？」

玄武聖獸說道：「不，有些事情可以做，卻絕對不能說。如果我洩露的祕密傳出去，你們兩個有可能會被滅口。」

戰爭之主和陰影對視，是啊！知星大人如此緊張，如果……不對！除了知星，只有戰爭之主和陰影之主聽到了這個驚天祕密，封口是很簡單的事情。

戰爭之主和陰影同時消失，這個消息必須傳出去，等到傳得沸沸湯湯的時候，星獸霸主和人族至尊該如何滅口？

戰爭之主離開前，怒視了玄武聖獸一眼。這個老東西太缺德，這是坑死人的祕密，不小心聽到了，會有滅頂之災。

玄武聖獸的兩個頭顱同時露出譏諷的笑容，佟道真的猜對了，戰爭之主和陰影之主也聽到了這個消息，想活命嗎？那就儘快把天啟星雲的黑洞就是超脫這個世界出口的消息傳出去，否則他們兩個死定了！

戰爭之主和陰影之主不是孤家寡人，他們不僅有自己的神選者，更有諸多屬下，而且他們有多個隱密分身。

人族狡詐，比星獸狡詐得多。兔子還知道狡兔三窟，人族更是如此。若是本體遭遇殺機，分身就可以祕密轉化為本體苟活。

見秋抵達那片星域之後，正準備聯絡自己以前的夥伴，就看到所在星辰上的人們行色匆匆，每個人臉上有的是震驚，有的是憤怒。

天啟星雲沒弱者，就算是弱小者也是強者的後裔或者下屬。

見秋乘坐銀灰色飛鷹來到一座高山前，這是他一個老友的洞府所在地。

見秋落在洞府門口，一個中年男子走出來，看到是數百年沒有見到的見秋，中年男子驚喜說道：「老友，你怎麼從隱居之地返回來了？莫非你也聽到了這個祕密？」

見秋愣了一下，一個女子說道：「這個祕密我也是剛剛聽到，他如此錯愕，應該根本不知情。」

中年男子拉著見秋的手，說道：「見秋是我多年老友，戚道友，妳說的祕密，我不吝惜與見秋分享。」

見秋隨著中年男子進入洞府之中，看到兩個三旬左右的男女坐在大廳中品茶。看到見秋到來，這兩個人明顯態度冷淡。

見秋知趣說道：「馮正老友，我找個地方休息一下，你們聊。」

女子看到縮小體型跟著見秋一起進來的銀灰色飛鷹，說道：「鷹聖叛逃，你還敢帶著鷹類星獸？」

見秋拱手說道：「在下大部分時間都在隱居，對於天啟星雲發生了什麼，還不太清楚。若是在下妨礙了諸位，那還是先告辭好了。」

馮正抓住見秋的肩膀，說道：「我和見秋老友當年是星空執法隊的夥伴，一起經歷許多。見秋厭倦了爭端，選擇隱居在星空深處。安寧道友，妳繼續針對見秋，我可要翻臉了。」

聽到見秋也是星空執法隊出身，被稱為「安寧」的女子站起來，說道：「那麼我們姊弟改天過來拜訪，告辭了。」

見秋不動聲色的點點頭，見這對姊弟離開，馮正關閉了洞府大門，說道：「肯定有大事，否則你不會離開隱居之地。開口，別對我隱瞞。」

見秋說道：「我的夥伴，是鷹聖的嫡系後裔，鷹聖叛逃的事情，我知道。」

馮正舉手制止了見秋，啟動了洞府的大陣，說道：「這不是你的性子，你是不是參與到了什麼事件？」

見秋點頭，馮正說道：「這對姊弟聽說我是執法隊出身，蓄意討好我，試圖經由我的舉薦進入執法隊。他們帶來一個消息，說沉睡多年的青龍、白虎、朱雀、玄武四隻星獸聖者肩負一項特殊使命，現在四聖獸叛逃，玄武聖獸被捉住。但是玄武聖獸說出了一個驚天祕密——天啟星雲的深處是黑洞，而黑洞是超脫這個世界的唯一出口。」

見秋笑著坐下來，馮正搖頭說道：「你隱居太久了，不知道這個消息將會引發多大的波瀾。茶水還是果汁？」

見秋說道：「有食物沒有？我的夥伴一路飛來，累慘了，也餓壞了。」

馮正到後面取來了一些肉類交給見秋，見秋撕著肉條餵給銀灰色飛鷹，說道：「多年以前，四聖獸被迫分離出一部分本源力量，投入到真天域製造的虛擬世界中，成為構建虛擬世界的四個基石。」

得知如此翔實的消息，見秋不像是隱居的樣子啊！安寧姊弟故弄玄虛，含糊不清的說出了黑洞的祕密，但顯然見秋才是知情人。

馮正端著茶壺、茶杯走過來，驚訝的看著見秋，說道：「你怎麼知道得如此詳細？」

見秋接過馮正遞過來的杯子，說道：「一個叫作『佟道』的少年走出了虛擬世界，四聖獸選擇支持他，或者為他效力，還有就是鷹聖。四聖獸逃走了三隻，是因為我帶來了傳送陣盤，可惜玄聖功虧一簣。」

剛剛坐下的馮正震驚的竄起來，見秋竟然是營救四聖獸的主力？怪不得他瞭若指掌。

見秋拿起茶壺給自己斟茶，說道：「佟道擁有兩艘龐大得不可思議的戰艦，一為末日方舟，一為星辰戰艦，加上五隻聖獸加入，我想這是個機會。」

馮正呼吸急促，說道：「那個人可靠嗎？」

見秋說道：「五隻聖獸願意賭一把，我覺得還行，因此我第一個來找你。你我在執法隊看到了太多的悲哀，承受了太多的不公。天啟星雲的黑洞是超脫這個世界的出口，那麼許多謎團就迎刃而解了。天啟星雲的大老在搜刮資源，為的是避免超脫之後沒有資源可用。」

馮正失魂落魄的坐下來，說道：「是啊！怪不得手段如此殘忍，甚至有些迫不及待，原來他們抱著超脫的想法。離開了，自然不用管這裡的生靈死活。」

見秋說道：「那個叫作『佟道』的少年或許能夠扭轉這一切。他最強大地方在於潛力巨大，我第一次見到他是偶然，他還在虛空流浪，甚至不知道天啟星雲；第二次見到他，他已經兵強馬壯，參與不？」

馮正沉默……

第五章 本源力量

見秋慢條斯理的喝茶，良久，馮正說道：「真的可靠？我們見到了太多的黑暗面，輕易不會相信一個人。」

見秋說道：「我也是如此，隨時抱著警惕懷疑別人的想法，逢人只說三分話，就因為吃虧上當太多，一番赤子之心餵了狗。這一次我感覺不一樣，說不出來那種感覺。不是因為他能帶給我多少好處，而是感覺那個少年心中有一團火，可以照亮人心的晦暗，驅散心頭的陰霾。」

馮正說道：「這些年，當年的老友有的疏遠了，也認識了許多新的朋友。安寧姊弟找我，就是因為我的交際圈子擴大不少，這就是人脈。」

見秋說道：「佟道麾下來歷不同的成員有許多，雖然沒有對我講述太多，我依然看出來，頗有兼容並蓄的意味。」

馮正說道：「交給你什麼任務？」

見秋說道：「和我的夥伴運送陣盤營救四聖獸，我自願提出邀請當年的老友。我依靠營救四聖獸的功勞可以躺著享受，只是我不甘心。天啟星雲如同一張巨大的蜘蛛網，跳出去之後，我越想越是不對勁。佟道走出虛擬世界，我認為可以一起做些事情。」

馮正說道：「這幾天，我邀請朋友們聚一下，你需要謹慎，不能讓人知道你參與營救四聖獸，從而為了私利把你出賣。真正的老友不多，少一個也會讓我懊悔終生。」

說到這裡，馮正問道：「那兩艘戰艦有多大？能容納數千人？」

見秋緩緩說道：「那是可以容納四聖獸的龐大戰艦。老友，你沒理解星辰戰艦和末日方舟有多大，堪比星辰的巨大戰艦，數百萬人身處其中也不過是毛毛雨。」

馮正睜大眼睛，天啟星雲也有戰艦，但是沒有堪比星辰的戰艦。星辰的引力巨大，過於龐大的戰艦會被星力扯碎。

星辰戰艦向上升起，巨大圓盤形狀的末日方舟開始分解，分解為九艘體型稍遜星辰戰艦的流線型戰艦，飛在星辰戰艦之後。

分解之後的戰艦速度驟增，佟道站在枯木叢林上，眺望後方的九艘戰艦。承載月亮的那艘戰艦就在最中間的位置，受到另外八艘戰艦的嚴密防護。巡天司的仙人大軍也在這艘戰艦上，他們是司主給佟道準備的班底，也是最可靠的心腹。

星辰戰艦中，青龍與朱雀的力量傳遞給玄武。玄武聖獸本體被囚禁，數萬條粗大的金屬鎖鍊捆縛，只是沒有受到更進一步的懲罰。

星空中，鷹聖不斷撕裂虛空，帶著白虎向著艦隊的方向前進。白虎竭力收縮自己龐大的體型，坐在鷹聖的背上。

鷹聖的分身被捉住，誰也想不到鷹聖竟然會主動投靠。這一次如果不是鷹聖的後裔載著見秋趕赴天啟星雲，白虎等人沒有逃脫的可能。

佟道猜到天啟星雲的祕密，黑洞竟然是超脫的門戶，白虎心中殘存的其他想法也湮滅了。唯戰而已，沒有其他的退路。

人族至尊和星獸霸主才是下棋的人，其他皆為棋子。身為高修世界的基石之一，白虎太清楚強者超脫之後的可怕之處。

佟道走出高修世界，帶著滿腔恨意進入高科世界，拯救了二十幾萬曾經的同胞。佟道願意守護高修世界，哪怕明知道這是一個虛擬世界。

佟道或許還很弱，聖獸全力出擊，佟道不見得是對手；但是佟道眷戀這個世界的美好，這就足夠了。

白虎目光掃過稍縱即逝的星空，鷹聖正不斷撕裂虛空。星空無垠，這是最美好的存在，不該被毀滅。

佟道打開手中的無字書，書頁自動翻頁，佟道的氣息逐漸收斂。就在此時，朱雀、青龍、白虎與玄武的一縷力量毫無徵兆的投入佟道體內。

星辰戰艦驟然下沉，恐怖的力量讓佟道身體重如山巒。

御主和起源的投影同時出現在佟道兩側；佟道手中的無字書上，星光與符文在不同的書頁中化作四頭聖獸的模樣；銀色飛鷹抬頭，牠的力量也加持在佟道身上，第五頁翻轉，星光與符文組成了鷹聖的樣子。

御主沒開口，而是用目光看著佟道。佟道垂眸，五隻聖獸的力量不僅僅是加持在佟道身上，更是把自己的本源力量傳遞給佟道，讓佟道能夠解析聖獸的力量本源，這是最大的信賴。

母樹與枯木叢林如何進一步提升，佟道沒思路，眼界不夠。五隻聖獸的本源力量傳遞過來，佟道終於明白了下一步該如何做。

母樹和枯木叢林蘊藏著生與死兩種極致的力量，這是佟道在星路構建生鎖死的重要幫手。進入到真實星空，佟道能做的是牽引星力，改造母樹與枯木叢林。

五隻聖獸的本源力量任由佟道解析，母樹和枯木叢林有資格進階為聖獸，屬於高修世界的聖獸。

佟道袖子裡符文流淌，順著星辰戰艦的甲板流淌到枯木叢林和艦首的母樹體內。正在指點新傳送過來仙人的樹靈盤膝坐下，感悟著母樹獲得的玄妙心得。

瞽道人摩挲著星辰羅盤，說道：「回歸本體。」

樹靈身體化作星光消失，母樹的枝椏綻放無盡光芒，勃勃生機從母樹體內迸發出來。

母樹與枯木叢林的根鬚向著星辰戰艦內部延申，御主挑眉，佟道的靈識籠罩御主，御主的投影消失。起源的投影撇嘴，肯定又得到好處了。

浩瀚星空中，有無數的星辰成住壞空。那些死寂的星辰也在釋放出星力，只是無法被察覺而已。

枯槁的枯木叢林枝條順著星辰戰艦延展出去，在星辰戰艦後方化作長長的曳尾，汲取星空中那些死寂的星力。

母樹上的果實掉落，自動飛向坐在星辰戰艦的仙人面前。在濃郁的星力中，母樹的樹冠中，一顆顆果實繼續誕生壯大。

星辰戰艦的指揮艙中，御主看著面前的虛擬螢幕，佟道的靈識正在演化一種全新的設備——一個巨大的動力爐。

星辰戰艦內部的設備在製造各種精密部件，不明覺厲。御主相信，佟道肯定有了全新的想法，只是不明白到底有何用途。

當艦隊出現在一片流星帶，起源捕捉到了脈衝信號，艦隊緩緩停下。這是悍天域的人布置的監控設備，也就意味著艦隊抵達了悍天域的領地邊緣。

這個巨大的動力爐安裝在星辰戰艦的動力艙，佟道的靈識在動力爐中開始烙印符文。

來自母樹和枯木叢林的星力第一時間投射過來，隨著符文烙印越來越多，動力爐開始自動運轉，以御主無法理解的方式運轉。

佟道的聲音在御主腦海中響起：「生死間，有大恐怖，也有陰陽消長玄機。」

生與死兩種極致的星力透過動力爐轉換，動力爐上的星光組成了一個模糊的太極圖案。

佟道繼續說道：「高修世界是四隻聖獸作為基石，現在四聖獸的本體降臨在星辰戰艦，疊加母樹與枯木叢林的力量，陰陽四象成形，星辰戰艦就立於不敗之地。」

御主端起酒杯致意，只怕天啟星雲的大老們也想不到，星辰戰艦落入佟道手中，會凝聚出如此奢華的護衛團隊。

四隻聖獸，加上前所未見的母樹和枯木叢林。見到母樹之前，御主從未想過會有如此龐大的古樹存在，也想不通為何會有枯木叢林這種奇異的鬼木。

佟道說道：「生死轉換的星力，蘊涵狂暴的力量，可以取代星辰戰艦原有的動力爐，讓星辰戰艦擁有傳送的能力。不是一般戰艦的躍遷，而是當作寶物異樣傳送。」

御主舔著嘴脣，說道：「我亢奮了。」

起源發出「呸」的一聲，有些眼紅。起源的計算能力遠超御主，但是御主掌控的星辰戰艦卻越來越強大。

御主淺笑，起源說道：「流星帶好像有危險，我只感知到監控器，總覺得不對勁。老爹，我說話呢！你聽到沒有？」

佟道說道：「艦隊停下了，就算有危險，我們不靠過去，他們就沒辦法。」

母樹與枯木叢林的星力通過動力爐轉化，這僅僅是開始，星辰戰艦中儲存的液態星力也需要轉化，化作佟道也不確定的特殊星力。

起源還準備說些什麼，流星帶中埋藏的炸彈爆炸，無數碎石隨著爆炸的煙塵迸發。星辰戰艦的能量護盾展開，碎石如同無數流星砸在能量護盾上，迸發出絢麗且致命的光暈。

悍天域的艦隊遠征，結果音訊皆無。來自天啟星雲的指令下達，悍天域的第二批艦隊剛剛啟航，就看到一支龐大戰艦為首的艦隊逼近了流星帶。

詭異的是，這支艦隊停在流星帶之外，彷彿知道流星帶有致命的危機潛伏。這支艦隊遲遲不動，悍天域引爆了流星帶的炸彈，不指望對敵人的艦隊造成太大的傷害，至少能夠震懾敵人。

起源怒氣沖沖，說道：「看到了沒？他們竟然玩陰的。」

佟道抬頭，看著無盡隕石砸在能量護盾上，真好看，這是從來沒有見過的壯闊景觀。

起源的投影出現在佟道身邊，想起御主的星辰戰艦越來越強大，越想越氣，起源抬腳就給佟道一記飛踹。

投影沒力量，踹一腳是表達憤怒嫉妒的情緒。

佟道說道：「接下來面對的敵人，需要妳展現實力。」

起源頓時高冷的四十五度望天，戰鬥的時候用到我了？讓你的小三出戰啊！

佟道說道：「悍天域的艦隊進攻真天域，我相信是天啟星雲背後的強者下令。」

起源想了一下，說道：「天啟星雲的大老主導建立了悍天域，作為自己震懾這一片星空的棋子？」

佟道說道：「必然如此，天啟星雲的頂尖強者中，人族為至尊，星獸為霸主，星獸不懂得科技的力量。」

銀色飛鷹來到佟道身邊，看著綻放出一朵鵝黃色小花的枯木叢林，說道：「人族至尊中有兩個精通科技的力量，一個是冥尊、一個是星尊，天啟星雲的強大戰艦就是出自他們聯手。」

起源忍不住問道：「那種暗金色的戰艦？」

銀色飛鷹說道：「那幾乎是臺面上最強的戰艦，也不知道妳怎麼控制得過來。」

起源頓時得意洋洋，就差沒尾巴，否則非得搖起來。

佟道說道：「也許很快悍天域的艦隊會出現，並嘗試和我們溝通。」

起源冷笑，溝通？誰和敵人溝通？我直接控制敵人的戰艦，變成末日方舟的一部分。現在末日方舟分裂為九艘戰艦，這哪裡夠用？起源的計畫是增加十倍。到時候九十艘龐大的戰艦組合，那才壯觀，大就是美，極致的美。

銀色飛鷹抬頭看著依然衝擊能量護盾的無盡隕石，說道：「枯木叢林在這種破碎流星的撞擊中也能汲取能量？」

佟道說道：「流星也算是星辰，流星破碎，那就是流星死亡，自然蘊涵死亡星力。」

銀色飛鷹說道：「未來，枯木叢林若是進化成功，將相當的可怕。」

佟道笑笑說道：「來日方長，母樹與枯木叢林的力量轉化，還僅僅是初步嘗試。也許不用許久，生死轉化，四象加持，我們才有足夠的底氣。」

銀色飛鷹蹲在佟道身邊，說道：「有些不太明白。」

起源露出「原來你也不過如此」的眼神，不過起源也在豎著耳朵，她同樣不明白佟道說的話到底是什麼意思。

佟道說道：「太極分兩儀，兩儀生四象。反過來呢？四象化兩儀，兩儀生太極。譬如符文，單獨的符文意義不大，組合在一起，才有了威力強大的符籙與陣法。四聖獸與兩株靈樹的力量結合在一起，星辰戰艦才是真正的不沉戰艦。」

起源怒哼一聲，你被小三迷昏了吧！現在滿腦子想著如何強化星辰戰艦。我的末日方舟呢？我是你閨女耶！

佟道說道：「星辰戰艦用來攻堅，末日方舟作為戰爭平臺，給星辰戰艦提供後勤支援。當然，鷹聖本體到來，需要進一步與末日方舟契合，我來想辦法。」

銀色飛鷹咂咂嘴，說道：「由我獨自支撐末日方舟？感覺有些孤單呢！」

起源不動聲色，佟道說道：「末日方舟可以分化組合，未來會有更多的仙人加入，他們全部可以成為你和起源的幫手。我會用符陣加持，未來的末日方舟，將會成為前所未有的強大存在。來了！」

起源和銀色飛鷹同時抬頭，起源皺眉，沒感知到信號啊！

隨著煙塵的消散，一艘漆黑的戰艦緩緩出現在遠方，真的來了！

起源有些慌，為何我沒捕捉到戰艦的信號？起源回頭，御主的投影悄然凝結出來。

銀色飛鷹瞇著眼睛，說道：「戰艦上的徽章是冥尊的獨門標誌。」

佟道說道：「起源，妳和御主藏起來，不要顯露妳們的存在。」

銀色飛鷹問道：「我也需要躲起來？」

佟道說道：「不，隨我一起面對。」

黑色戰艦緩慢而堅定的開始接近，這艘戰艦中沒有任何成員。當黑色戰艦穿過崩潰的流星帶停下來，星辰戰艦的能量護盾消失。佟道和銀色飛鷹出現在艦首，站在巨大的母樹之下。

銀色飛鷹說道：「是冥尊大人嗎？」

佟道張嘴，啊？鷹聖的分身這麼謙恭？

黑色戰艦中，一個低沉的男子聲音響起：「鷹聖，你背叛天啟星雲，是因為這幾艘戰艦給你的底氣？」

末日方舟分化為九艘戰艦，看上去與星辰戰艦的款式相仿，體型也相仿。沒見過末日方舟的本相，就無法想像這九艘龐大的戰艦可以組合在一起。

銀色飛鷹說道：「和冥尊大人自然無法相比，不過對我來說足夠了。」

黑色戰艦的上方凝結出一個男子的投影，佟道緩緩拱手說道：「在下佟道。」

冥尊投影看著佟道，說道：「走的是修行路，你來自真天域的虛擬世界？」

佟道說道：「的確如此。」

冥尊投影說道：「你可知這艘星辰戰艦是天啟星雲的心血結晶？」

佟道說道：「的確知道。」

冥尊投影說道：「你可知天啟星雲的強者震怒，你受得住？」

佟道說道：「總得抵擋一下試試，總不能被冥尊三言兩語嚇死。出來混，誰也不是被嚇大的。」

冥尊投影目光掃過，四聖獸的力量加持，這算是意料之中；但是星辰戰艦上一頭一尾，各有一株奇異的靈樹，這是幾個意思？

能夠在星空存活的靈樹極為罕見，這是可以納入星獸範圍的特殊存在。星獸中草木之類極為少見，星辰戰艦上就有兩株。

冥尊投影說道：「有恃無恐嗎？你或許根本不明白天啟星雲是什麼樣的所在。」

一股晦澀的波動襲來，佟道拂袖，生死兩種星力激盪。冥尊投影眼眸深邃，這是什麼力量？怪不得如此囂張，有幾分底蘊啊！

銀色飛鷹說道：「冥尊這是準備出手了？小心崩了牙。」

冥尊投影說道：「兩位霸主出動，前來捕捉你和青龍等人，自求多福吧！」

銀色飛鷹頓時覺得尿急，出動了兩位霸主，至於嗎？霸主很閒，竟然一口氣出動了兩個之多？

如果只是出動一位霸主，銀色飛鷹相信本體到來，加上青龍等人輔助，依託星辰戰艦還能擋住，兩個就不好說了。

銀色飛鷹強迫自己不去看佟道，那樣會顯得很心虛，意味著冥尊的威脅打中了銀色飛鷹的要害。

佟道說道：「星獸中的至強者——霸主，我沒見過，很感興趣。」

冥尊投影說道：「你認為自己行？」

佟道說道：「人族至尊和星獸霸主地位相當，我可以認為實力也相當。如果霸主擁有冥尊的實力，我想可以試一下。」

冥尊投影挑眉，恐怖的波動輾壓而來。這不僅僅是輾壓佟道，更是要乘機掌控星辰戰艦。

青龍、白虎、朱雀、玄武的影子同時浮現出來，御主站在太極動力爐前，母樹和枯木叢林的力量瘋狂運轉，星辰戰艦上迸發出黑白兩色的巨大護罩。

佟道低頭，當他再次抬頭的時候，對著冥尊投影笑了笑；下一刻，佟道邁步，直接出現在黑色戰艦上。

原本是要直接進入黑色戰艦內部，佟道最終放棄了這個想法。沒有確定起源和御主能不能搞定這艘黑色戰艦前，不能浪。

佟道出現在冥尊投影前，冥尊的靈識輾壓，就如同周天星斗的力量全部匯聚在佟道身上。

佟道看著近在咫尺的冥尊投影，說道：「如果冥尊沒有其他的手段，可無法讓我服氣。」

冥尊投影手中出現了一把槍，佟道腳踏黑色戰艦，起源和御主同時發力，試圖侵襲黑色戰艦。

冥尊投影的眼神變了，不對勁！這是什麼樣的力量？雖然不夠強，但是足夠邪門詭異，這兩股力量竟然要搶奪這艘黑色戰艦的控制權。

冥尊投影認為接近星辰戰艦，他就有能力把星辰戰艦搶回來。但四聖獸與兩株靈樹的力量結合，擋住了冥尊的力量。

這還不算恐怖，恐怖的是佟道悍然傳送過來，隨後佟道身上兩股詭異的力量侵襲黑色戰艦。

他一心三用？不對！這兩股力量和佟道無關。

槍聲響起，佟道左手抬起，星光與符文交織成一面盾牌，擋住了襲來的子彈；同時佟道身體向後滑，腳下的戰艦裝甲被佟道的雙腳劃出兩道深深的溝壑。

冥尊投影厲聲問道：「你用什麼手段掌控了星辰戰艦？」

佟道笑瞇瞇的反問：「你猜？」

佟道踩在黑色戰艦上，起源和御主就有能力發起攻擊，那是看不見的攻勢。

銀色飛鷹羽翼收斂，做好隨時竄過去幫助佟道開戰的準備。

御主的力量首先發動攻擊，起源的力量顯得很弱。起源瞧不起御主，還嫉妒御主，但是嘗試搶奪黑色戰艦的過程中，起源和御主配合得天衣無縫。

黑色戰艦中，數百臺智腦瘋狂運轉，擋住了御主的資訊侵襲，殊不知起源正在飛快解析黑色戰艦的智腦頻率。

冥尊投影終於明白了，為何悍天域的艦隊與天啟星雲派出的艦隊全部無聲無息被控，佟道麾下有超強的科技高手。冥尊想不到，佟道身邊會有兩個超腦孕育出來的奇異生命。

第六章 星尊

御主的力量在窺視黑色戰艦的整體結構，這是障眼法，也是目的之一，主要是確認冥尊如何藉助戰艦，凝聚出強大的投影。

御主也想凝結出有戰鬥力的投影，可惜不得其門而入，御主需要摸清楚黑色戰艦的核心結構在哪裡、是哪個。

起源則是直撲黑色戰艦的數百臺智腦，這是起源最拿手的絕活。冥尊很強，起源不太服氣，它想攻陷黑色戰艦的智腦，看看冥尊如何對抗？

冥尊暗中掌控悍天域這個主攻科技路線的界域，上一次悍天域的艦隊無聲無息的消失，讓冥尊被驚醒。這一次是冥尊投影控制的戰艦準備帶領遠征大軍出動，還沒正式起航，佟道就打過來了。

冥尊也想知道為何如此，悍天域的艦隊如此不堪一擊嗎？

冥尊投影對佟道發起攻擊，佟道擋住了；而御主和起源的聯手偷襲，讓冥尊投影震驚了。

哪怕是聖者發起攻擊，冥尊投影也有能力操縱黑色戰艦重創對方；唯獨御主和起源這兩個特殊生命發起侵襲，冥尊投影感知到致命的威脅。

冥尊投影紊亂了，黑色戰艦的智腦是悍天域製造，比悍天域的戰艦智腦強上許多，但是頻率被起源掌握，再強的智腦也等於沒有了防火牆。

冥尊投影發出怒吼，佟道左手做個請的手勢，說道：「善於製造戰艦的人族至尊，我想更進一步了解。」

冥尊投影槍口對準佟道，問道：「你通過什麼手段入侵？」

佟道左手四根手指向上彎了彎，說道：「你猜。」

槍聲響起，佟道直接消失，在冥尊投影身後出現的時候，冥尊投影模糊一陣，下一刻，冥尊投影消失。

黑色戰艦內部線路爆裂，火星迸濺中，烈焰逐漸燃燒起來。

冥尊在與起源搶奪智腦的控制權，這是冥尊投影主導製造的戰艦，卻在毫無防備之下被起源入侵成功。

佟道微笑，直接星遁進入黑色戰艦的內部。

御主投影浮現出來，說道：「拆掉這裡。」

佟道一拳轟在艙壁上，黑色戰艦內部的武器系統啟動，旋即被起源干擾。艙壁後面隱藏的一臺智腦顯露出來，佟道直接扯斷線路，把這臺智腦收入芥子指環。

佟道動作太快，冥尊投影根本來不及反應。起源的凶悍超出想像，一臺臺智腦被起源當作陣地，並且毫不留情的暴力摧毀。

起源猜到冥尊投影如何發揮實力，通過御主指點，讓佟道奪走一臺智腦就足夠了，剩下的可以肆意破壞。所有的智腦全部毀掉，冥尊投影也將無法維繫。

冥尊的聲音在黑色戰艦中嘶吼：「你到底是誰？」

起源一聲不吭，我老爹說了，你猜，你倒是猜啊！人族至尊就這水準？肯定是活的年頭夠久，熬出來的至尊身分，真正的實力不怎麼滴。

一臺臺智腦冒出黑煙崩潰，冥尊真的恐懼了。這到底是什麼東西？為何能夠如此輕鬆搶奪智腦的控制權？

冥尊絕大部分的實力就在於藉助智腦操控戰艦，通過戰艦凝結出類似身外化身的投影，這已經足夠強大。現在冥尊遇到天命的剋星，超腦誕生的特殊生命控制智腦的速度超出冥尊的想像。

黑色戰艦已經無法啟動，絕大部分智腦在冥尊投影和起源的爭奪中崩潰，黑色戰艦變成了一副金屬棺材。

佟道在黑色戰艦內部遊走，冥尊已經無暇顧及佟道。起源在一次次攻防中，逐漸對於黑色戰艦的強大智腦有了更深的理解，冥尊竟然落在下風！

冥尊吼道：「佟道，你想引來天啟星雲強者的怒火嗎？」

佟道悠然說道：「哦！這麼可怕的嗎？」

冥尊說道：「你不知道人族有九大至尊、星獸有八位霸主，你今天做得太狠，我發誓不會放過你。」

佟道說道：「你不夠看，這艘黑色戰艦被解析成功，你就失去了對抗我的能力。九大至尊，或許會變成八大至尊。」

冥尊真的恐懼了，佟道到底使用了什麼手段？這簡直就是冥尊的致命剋星。早知如此，就不應該孤身犯陷。

冥尊放緩了語氣，說道：「我們之間沒有夙怨，不涉及到你死我活的爭鬥。」

佟道說道：「在虛擬世界謀劃培養星辰戰艦，等待星辰戰艦培養成功，讓四聖獸肆意吞噬虛擬世界的生靈，不是你在主導？星辰戰艦真正的主人應該是你。」

冥尊說道：「不僅僅是我，星尊也是主謀。星尊說她有能力使用星力強化星辰戰艦，從而打造出一艘前所未有真正的無敵戰艦。」

佟道說道：「你藉助戰艦凝結出來的投影，戰鬥力很強，我很感興趣。」

智腦的搶奪在加速，起源已經具備了反擊的能力。

冥尊說道：「你做不到，唯有我才可以。」

佟道說道：「我好奇，不可以嗎？說出來，這艘戰艦可以還給你。」

冥尊遲疑，一臺智腦被起源成功搶奪過去，繼續下去，冥尊要落於下風了。

冥尊說道：「需要藉助智腦的力量，要有特殊的頻率，與戰艦形成共鳴。」

金色腕錶微微收縮，起源用這個方式告訴佟道——弄明白了。

佟道發出笑聲，說道：「希望下一次見到冥尊，不再是敵對的狀態。」

佟道直接出現在黑色戰艦的上方，冥尊沒挽留，也沒有重新凝聚出投影送別，這個做法不太體面。

佟道邁步回到星辰戰艦上，說道：「我們轉向。」

冥尊認為隻言片語，佟道不可能理解他的意思。只是冥尊想不到起源掌握了黑色戰艦智腦的特殊頻率，御主掌握了黑色戰艦的結構，那麼起源和御主便可以自行製造契合的智腦，從而凝結出有戰鬥力的投影。

把冥尊投影所在的黑色戰艦拆得七零八落，還得到了投影的祕密，佟道已經不需要繼續進軍悍天域。

御主和起源若是掌握了冥尊的投影手法，並仿照黑色戰艦去改造星辰戰艦和末日方舟，那麼佟道就等於擁有了兩個堪比冥尊的強大幫手。

人族九大至尊、兩個堪比冥尊的特殊生命，依託星辰戰艦和末日方舟，佟道覺得有搞頭。

現在佟道不確定的是星獸霸主的實力如何，五隻聖獸的力量加持下，佟道隱隱感知到自己即將突破。

知星？星尊？佟道猛然反應過來，與冥尊合作的星尊是不是知星？如果真的是知星，那就有意思了。

一艘戰艦中，起源和御主的投影同時關注著精密設備的操作。一臺仿造的智腦正在成形，這是仿製黑色戰艦的智腦。

起源和御主的本體各自隱藏，此刻仿製的超腦成形，並不夠完美，起源和御主各有各的辦法強化。

好半天，御主和起源對視，冥尊的投影具有真正的戰力，起源和御主做不到。她們兩個相信，掌握了正確的投影，她們能夠做到更好。各行其是，還是戮力合作？五聖獸可以合作，御主與起源也有合作的想法。

只是起源和御主情況特殊，她們彼此之間可以相互吞噬，這才是最棘手的地方。

當初御主放過起源，現在卻對融合了金色晶片的起源極為忌憚；起源更是如此，她誰也不願意相信，除非佟道願意提出保障。

一艘霸氣十足的暗金色戰艦飛向一顆不起眼的星辰，知星就住在這裡。當暗金色戰艦降落在這顆星辰上，眼神滿是陰霾的冥尊走出戰艦。

知星從容走出來，冥尊說道：「星尊，我需要審問玄聖。」

知星說道：「為何？」

冥尊說道：「我的投影在悍天域遭遇到佟道，那個收買了五聖獸的強者。」

知星挑眉問道：「看樣子你吃虧了。」

冥尊激動說道：「不是吃虧，而是我察覺到致命的威脅。佟道麾下有一個極其詭異的生命，能夠搶奪智腦的控制權。」

知星目光投向禁錮玄武聖獸的方向，說道：「星力沒有傳來相關的消息，看來他隱藏得極深。」

冥尊說道：「必成心腹大患。」

知星默然，良久，說道：「能確認？」

冥尊說道：「當時我聽到一個女子的聲音，然後我比照了一些聲音樣本，發現和真天域的御主相同。」

知星說道：「還有更多的線索？」

冥尊搖頭說道：「沒有，我懷疑佟道麾下不止一個這樣的特殊生命。星尊，我建議妳再考慮一下。」

知星說道：「我會考慮，現在我需要審問玄武聖獸，看看是否能從這個老傢伙口中問出消息，我估計牠頑抗到底的機率不大。不要跟著我，儘量不要讓牠產生警覺。」

知星破空而去，冥尊眸子收縮。如果星尊答應他的要求，不僅僅有能力對抗佟道，而是冥尊將會踏入更高的境界，有能力窺視黑洞之外的祕密；可惜了，知星一直很警覺，哪怕冥尊給出最大的誠意，知星依然不鬆口。

希望不要讓自己等待太久，冥尊的投影遭遇佟道，火氣相當的大，耐心也耗盡了。

冥尊沒看到知星冷漠的眼神，知星來到玄武聖獸面前的時候，戰爭之主與諸多氣息強橫的存在正在圍觀。

包括鷹聖在內，五隻聖獸背叛，投靠了一個邊陲之地崛起的少年。有些主宰和聖獸感到好奇，有些則是憤怒。

背叛天啟星雲，這五個傢伙腦子沒進水？牠們五個憑什麼相信一個少年有能力抗衡天啟星雲？

當知星到來，玄武聖獸的老龜睜開眼睛，知星說道：「你們已經成功激怒了冥尊，佟道離死不遠了。」

老龜發出「呵呵」的低沉笑聲，青龍、白虎與朱雀的力量投入到星辰戰艦的玄武神獸體內，讓玄武聖獸與這個最強分身感應越來越強。

冥尊被激怒了？不對，冥尊被打敗了才對。

人族九大至尊，地位相當於星獸中的八位霸主。當年四隻聖獸被雙方聯手施壓，被迫割裂出一部分本源力量，成為虛擬世界的基石，那個時候，玄武聖獸眼中的至尊強大無比。

破局的關鍵在於佟道孤身進入真天域，直接拉攏了起源和御主這兩個特殊生命，末日方舟和星辰戰艦成為佟道最堅實的後盾。

當佟道打敗了冥尊的投影，御主正在焦急勸說佟道，讓佟道出面給個說法，促成御主和起源進一步合作。

靈蛇也睜開眼睛，說道：「冥尊很憤怒，為何不去找佟道？他正在趕赴天啟星雲的路上，誰有任何不滿，就主動出擊。」

知星問道：「他真的敢進攻天啟星雲？活膩了嗎？」

靈蛇說道：「至尊與霸主謀求超脫這個世界，佟道很有經驗，他過來幫助諸位大老達成心願。」

這話的嘲諷意味十足，圍觀的主宰和聖獸不動聲色。

知星避開了這個話題，說道：「你認為冥尊失敗，就沒人敢對他下手？」

老龜說道：「當然有人敢，我又沒說佟道天下無敵。我想說的是，諸位真的萬眾一心？在虛擬世界這麼多年，我看到了太多鉤心鬥角，看到了太多意外翻船，這才是最大的收穫。」

知星冷哼一聲，靈蛇說道：「佟道打敗了冥尊的投影，他變得更強了。」

最重要的是這句話，佟道打敗了冥尊的投影，因此變得更強了。那麼因何而強？玄武聖獸相信，知星想聽的是這個消息。

老龜低頭，不想讓人看出牠的雙眼中出現了點點星光……

佟道站在玄武所在的艙室中，起源和御主的投影站在他面前兩側。

佟道手中的符文沒入玄武的體內，這是佟道給玄武的備用手段。如果萬不得已，遠在天啟星雲的玄武聖獸可以毀掉一部分軀體，從而傳送到星空，佟道會第一時間接應。

這是迫不得已的手段，能不用最好，因為星辰戰艦和分為九艘龐大戰艦的末日方舟正向著天啟星雲進發。

玄武的兩個頭顱低垂，好半天，老龜頭顱說道：「知星大人再次找到我，說冥尊很憤怒，我想這是提醒，你把冥尊打痛了。」

佟道說道：「我對天啟星雲不是很了解，你見過冥尊的本體？」

老龜說道：「沒有，最初見到冥尊的時候，他就躲在一艘破爛不堪的戰艦中；這一次冥尊投影出現，是我第一次知道冥尊的樣子。」

起源拉住佟道的袖子，御主怦然心動，起源肯定是看出來了，強大機會就在眼前。

佟道摩挲著起源的頭髮，說道：「別急，知星是不是星尊？」

老龜點頭，佟道說道：「冥尊和星尊合作的方式是什麼？」

老龜搖頭說道：「不清楚，聽聞冥尊對星尊有好感，我對這方面僅僅是聽說。」

佟道左手攬住御主的腰肢，說道：「星尊有沒有可能進入星空？」

靈蛇頭顱說道：「不確定，我說你正在趕赴天啟星雲，知星大人說你活膩了。」

佟道說道：「鷹聖的分身前來剿滅我，是受到星獸霸主的命令；冥尊的投影出擊，應該是想要搶奪星辰戰艦，我傾向於認為冥尊的實力全在那艘破爛戰艦上。」

起源激動，冥尊的實力並不是那麼強，如果起源和御主聯手，應該可以變得更強大。

老龜說道：「我只說我肯定的事情，知星大人對你沒有惡意；至於冥尊的情況，我真的不了解。」

佟道說道：「已經足夠了，御主，妳和起源各自顧慮的是什麼？擔心被對方吞噬？」

御主和起源誰也不開口，玄武的兩個頭顱震驚，妳們兩個是極其罕見的特殊生命，竟然還需要相互提防？

用星獸的角度去想可以理解，因為吞噬對方可以強大自己；用人類的角度去看，遇到唯一同類的機會如此珍貴，不得相互保護才是？

佟道舉起雙手，說道：「我來見證，妳們各自交給我一只腕錶，這就是妳們最後的保障。相信彼此一次，如果妳們聯手合作，我相信妳們未來會比冥尊更強大，我指的是個個都比冥尊強大。

我以為自己見識過許多，但是只怕天啟星雲的強者也想不到，真天域會有超腦誕生，並演化出獨特的生命。茫茫星空，妳們兩個能夠有幸在同一個界域誕生，這就是最大的緣分。妳們應該相互關心、相互保護，珍惜這個世界上唯一的同類。」

御主說道：「我解析了冥尊黑色戰艦的結構，看到了有些特殊的構造。」

起源說道：「我破解了黑色戰艦的智腦，這些智腦有特殊的頻率，與戰艦發生同頻的波動，從而冥尊能夠凝結出強大的投影，可以說黑色戰艦就是冥尊的軀體。」

御主說道：「我感覺可以製造更強大的智腦，並結合我自身擁有的超腦優勢。若是起源也毫無保留的加入進來，我們很快就會成功。我說的是毫無保留，這就需要起源拿出一艘或者兩艘戰艦嘗試，模擬黑色戰艦與智腦，構建出特殊場域。」

御主和起源各說各話，卻同時看著佟道。不信任對方，甚至是提防對方，這就需要佟道做公證人。

佟道說道：「讓鷹聖牠們也加入進來，一起見證超越冥尊的機會。起源的末日方舟可以任意組合，這個優勢必須發揮出來。等一等！讓我理順一下，如果我把聖獸的力量加持到妳們的投影身上，妳們能不能承受得起？」

御主說道：「解析冥尊投影所在的黑色戰艦，我發現黑色戰艦能夠汲取星力，更加高效的汲取星力，因此冥尊的投影應該是利用星力凝成。或許可以嘗試讓一隻聖獸的力量疊加在我的投影身上，我願意率先嘗試。」

起源看著佟道，佟道說道：「讓起源先嘗試，末日方舟分化為九艘戰艦，拿出一艘作為實驗品。」

起源的眼睛歡喜得瞇起來，佟道說道：「玄武，分出一縷靈識，我去邀請青龍牠們，一起見證起源和御主坦誠合作，製造出更強大的智腦。進化，不是一蹴而就，需要不斷的嘗試。」

這一次，起源痛快的說道：「第一臺戰艦智腦，就在星辰戰艦製造好了。」

不僅僅是五隻聖獸的靈識投進來，四個持印人也進入了艙室中，與佟道一起看著精密的機械臂製造出各種零件。

絕大部分是通用的部件，有些特殊圖紙則是不斷繪製出來又改變。御主和起源的力量投入兩臺智腦中，不斷碰撞出新的思路。

佟道從黑色戰艦中搶來的智腦擺放在一個特殊的儀器上，被御主和起源不斷解析。

這是一臺使用星力驅動的特殊智腦，這也是冥尊能夠凝結出強大投影的關鍵。不是簡單的重複製造，而是在這臺星力智腦的基礎上添加兩個特殊生命對於智腦的全新理解。

起源龐大的計算能力不斷解析對比各種資料，御主身為第一個超腦誕生的特殊生命，甚至能做到奪舍，御主的思路相當清晰。御主提出各種構想，不斷被起源的論證排除。

這個過程相當凶險，御主和起源看到太多機會，只要足夠貪婪，就可以闖入對方的核心，從而吞噬對方，因此佟道這個見證人異常重要。佟道也看出來了，這才讓五隻聖獸和四個持印人一起見證。

兩臺智腦的顯示器中資料流程洗版，瞽道人眉頭緊鎖，佟道轉頭，瞽道人說道：「母樹的果子有許多種。」

佟道說道：「御主、起源，不要把所有的功能集中在一臺星力智腦中。」

資料流程停頓，佟道說道：「星辰戰艦和末日方舟足夠龐大，製造出功能各異的智腦，從而構建出矩陣。」

御主和起源靜默，好半天，起源才說道：「老頭子的思路，照亮了前行之路。」

晚星低頭，羅浮屠咳嗽。起源相當頑皮，在這個時候開玩笑，足以說明佟道的建議真的確實可行，解開了御主和起源的僵持。

不再局限於以一臺星力智腦解決全部問題，然後重複製造，製造出不同功能的星力智腦，組合在一起。這句話打開了僵持的思路，問題便解決了。

兩臺運轉的智腦螢幕中，一臺臺造型各異的星力智腦圖案浮現。恍如幻影變幻，浮現出來的星力智腦不斷消失，然後新的款式浮現在螢幕中。

第七章 無節操的起源

冥尊投影乘坐的黑色戰艦在星辰戰艦面前，依然是大人面前的小孩子。星辰戰艦足夠龐大，完整版的末日方舟更龐大。

冥尊作夢也想不到，這兩個超腦誕生的生命因為強行解析黑色戰艦，從而得到了突破的希望，還有足夠的成長時間。

冥尊很強，是因為冥尊創立了前所未有的戰艦體，冥尊就是戰艦的意志化身，這才有了在虛擬世界孕育出星辰戰艦的構想。星辰戰艦原本是冥尊的囊中物，唯有他才能控制。

御主成功掌控星辰戰艦，可想而知冥尊的憤怒。冥尊投影攔路，他還不知道這樣做的代價是什麼。

比冥尊更強大的運算能力、比冥尊更特殊的超腦生命，再加上星辰戰艦和末日方舟，御主和起源注定要比冥尊更強。

青龍等人眼神迷惘，這到底是啥？我們見證了啥？啥也看不懂啊！佟道也不懂，但不妨礙佟道欣賞螢幕中造型各異、功能不同的星力智腦。

在末日方舟分解的九艘戰艦中，起源在飛速製造不同的超腦，九艘戰艦的多間艙室同時開工。有爭議的款式慢慢在爭執探討中解決，先把確定的款式製造出來，起源有些迫不及待了。

哪怕暫時沒能力製造強大的投影，這些借鑒冥尊的黑色戰艦、集合御主和起源智慧的星力智腦，也已經超出世人的想像極限。

這些星力智腦裝備之後，起源可以篤定，分化之後的九艘戰艦將會擁有躍遷的能力；至於組合為末日方舟能不能行，還需要實踐，那是後續的事情。

分化的九艘戰艦中，最中央的那艘裡面承載著被傳送壓縮的月亮。這艘戰艦的主體是由四艘暗金色戰艦拆解組成，也是起源最小心呵護的戰艦。

這顆月亮有月光門戶，每一次艦隊停歇，便會有上萬仙人傳送過來。四個持印人會指點這些仙人如何感知真正的星力，從而迅速恢復戰力；起源則要給這些仙人製造星力戰甲，把他們武裝起來。

左側的那艘戰艦，裡面有給鷹聖準備的巨大艙室，鷹聖本體帶著白虎聖獸歸來，鷹聖就有家了。

幾天之後，艦隊停了下來，月光門戶開啟，新一批的仙人要傳送過來。另外幾艘戰艦向著左側的戰艦靠攏，一臺臺製造出來的星力智腦運送過去。

銀色飛鷹的靈識掃過戰艦，在機器人的幫助下，一臺臺星力智腦安裝在早就確定的位置。

佟道站在星辰戰艦的甲板上，雙臂支在船舷。御主的投影出現在佟道身邊，緊張期待著。

起源拿出一艘戰艦做實驗，經過御主和起源的反覆論證，理論上不會出現問題，就看起源能不能凝結出真正的投影。

一縷星光在星空閃爍，肉眼看過去，彷彿是一顆流星劃過。如果有人發現了，仔細看的時候也只能看出那是一顆不規則的隕石，只是那顆隕石在不斷穿梭虛空，這是普通隕石絕對不可能做到的事情。

方向明確，一路向西。當這顆隕石再一次穿梭虛空，看到遠方的艦隊時，隕石停了下來。然後就看到一艘戰艦之上，浮現出一個穿著軍裝，歪戴帽子的小女孩。

佟道轉頭，隕石緩緩向艦隊滑過去。隨著隕石接近，知星從容的在裂開的隕石中出現。

玄武的聲音響起：「知星大人。」

佟道轉身，肅穆拱手行禮。幫助見秋遮蔽氣息，在玄武聖獸被擒後，明裡暗裡的庇護，這位神祕的星尊，讓佟道記住了。

星辰戰艦的能量護盾開啟一道門戶，知星坦然走進來。當知星站在甲板上，門戶關閉了，避免甲板上傳送過來的仙人承受不住星力侵襲。

知星目光投向起源的投影，起源小手虛抓，星力凝結為一門艦砲。起源仰頭放肆狂笑，囂張的樣子讓人忍俊不禁。

御主的投影貪婪的看著，起源的投影不一樣了，蘊涵著洶湧澎湃的恐怖力量。這艘戰艦的力量疊加，讓起源的投影擁有強大的戰鬥力。

知星頷首說道：「怪不得有勇氣進軍天啟星雲，不是你活膩了，而是真的有這個潛力。」

佟道微笑說道：「後生晚輩的張狂，星尊見笑了。」

知星落在星辰戰艦上，看清楚御主的投影，知星臉上的笑意凍結；知星的目光投向起源的投影，然後再次看著御主。

小女孩和這個美貌女子是同類的生命，遠在天啟星雲的時候猜不到，現在近距離觀察，知星才意識到冥尊有多傻。

冥尊的投影出擊，這是妥妥的資敵啊！小女孩已經掌握了冥尊的殺招，這個美貌女子若是也學會了，冥尊的地位堪憂。

起源的投影舉起對她來說明顯巨大的艦砲，對準遠方一顆巨大隕石。艦砲轟鳴，一道熾烈光束轟在隕石上，隕石在眾人震驚關注中炸裂，隕石最中央的部分更是直接被高溫光束消融。

起源放聲狂笑喊道：「老爹，看到沒有？我牛逼不？」

佟道尷尬笑道：「算是我的女兒，見笑、見笑。」

知星笑不出來，她對起源豎起大拇指，看著御主，說道：「聽到諸位挫敗冥尊的分身，我就第一時間趕赴過來。本以為能夠做些什麼，至少也能錦上添花，現在看來，過於狂妄自大了。」

晚星和羅浮屠已經端著茶點走過來，聱道人拂袖，桌椅擺放在甲板上。

起源扛著艦砲出現在佟道身邊，用肩膀撞著佟道，說道：「老頭子，我這個造型拉風不？」

佟道說道：「坐下，喝茶。」

起源手中的艦砲消失，第一次有資格坐下來。不一樣了，凝結出星力分身，起源頓時覺得揚眉吐氣。終於不再對奪舍為人的御主羨慕嫉妒恨，這還僅僅是開始，起源知道，自己未來會更強。

知星端起茶杯，說道：「冥尊一直渴望我全力輔佐，為的是能夠踏入更高的境界，或者嚴格的說，是完善自身與戰艦的契合。」

佟道說道：「讓戰艦汲取星力，從而推動身為艦靈的冥尊成長？」

知星說道：「明白人！我這一次過來，是察覺到你身邊應該有類似的生命。玄聖的隱晦暗示，我聽懂了。」

玄武的靈識淡定窺視，佟道說道：「起源，算是我的女兒。」

起源勃然大怒道：「怎麼說是『算是』呢？未來你的家產沒有我的一份？嗯！現在把話說清楚。」

佟道無語，他有什麼家底？最強的就是星辰戰艦和末日方舟，妳還要啥？

起源喝口茶，說道：「好香。」

知星說道：「沒有六感嗎？眼耳口鼻身意。」

起源眼睛賊溜溜的看著知星，說道：「阿姨，妳的話是幾個意思？」

知星說道：「我可以幫妳，這是冥尊一直渴望的事情，但是我不信任他，因為冥尊想要吞噬我。」

起源用小拳頭砸在桌子上，吼道：「竟然對我阿姨心懷不軌，搞他！」

起源聲色俱厲，氣勢洶洶。說完之後，看到沒人有反應，起源竄過去摟著佟道的脖子，說道：「親爹，你說話。」

佟道說道：「星尊可以敞開說，成不成不影響我對星尊的感激。這一次青龍等人的本體傳送過來，承了您的幫助。」

知星說道：「九大至尊與八位霸主的確是圖謀從黑洞超脫，只是對於超脫的理解不同。有人希望帶著足夠的資源，譬如說冥尊；有人希望孤身探索，我就是這樣；還有人騎牆，認為有人探路最好，當然，這個想法是笑話。真的超脫之後，極有可能無法回來了，黑洞另一面是好是壞，是否是不歸路，不得而知。」

佟道說道：「我從虛擬世界誕生，跳出虛擬世界進入真天域，也算是一種超脫，比想像中好一些，至少沒有讓我過度失望。我更贊同星尊的想法，既然想要超脫，那就自己探索好了，不應該貪婪攫取資源，為了超脫之後做準備。」

知星說道：「有了初步的共識，我便亮出我的籌碼。我能聆聽星語，你應該也能有限做到。我不善於戰鬥，卻可以幫助你的閨女提升六感，讓她如同真正的生命。」

起源露出要哭的表情，說道：「不要撒謊，妳說實話，妳是不是我失散多年的親媽？」

知星淩亂了，不了解起源有多皮，不知道起源的操守底線有多低，就承受不起她期待的眼神。

佟道拿起乾果丟在嘴裡慢慢嚼著，起源轉頭，佟道直接抓住一把乾果，塞進起源嘴裡。別丟人了，我的臉面都丟光了。

知星的眼角餘光掃過神情古怪的瞽道人等人，佟道說道：「繼續介紹，御主，我的親密女友。御主和起源一樣，是超腦誕生的特殊生命。得益於冥尊分身駕馭戰艦攔路，御主和起源摸清楚了凝結真實投影的能力，剛才星尊看到的就是如此。起源做到了，御主也能做到。」

坦誠！知星眼眸露出讚許的神情。真誠才是必殺技，佟道的坦誠得到了知星的認可。

佟道坦誠說出起源和御主的來歷，知星悠然品茶，同時換了個慵懶的姿勢坐在舒適的坐椅中，說道：「我能輔佐起源和御主，現在我提出自己的條件——抵擋冥尊對我的吞噬。」

佟道說道：「有我在，他的野心無法實現。過不了許久，起源和御主會更強。」

知星說道：「星辰低語，告訴我說這艘戰艦中有四隻聖獸的氣息，這兩株靈樹更是非同小可。我可以啟靈，幫助這兩株靈樹加快進化，踏入聖獸的行列。」

起源吮著手指，冒充天真小女孩，慢慢挪動湊向知星。

知星略一思索，伸手把起源攬在懷裡，說道：「冥尊掌握一顆特殊的寶石，他沒有解開寶石的祕密，所以不知道我的本源精華藏在寶石中。」

佟道說道：「冥尊不會放棄仇恨，當他本體所在的戰艦進入星空，我會優先對他發起攻擊，嘗試搶回那顆寶石交給妳。」

銀色飛鷹來到佟道身後，知星說道：「星語告訴了我許多，許多星辰都喜歡你。」

起源說道：「妳不知道，還有許多娘兒們喜歡我爹，數不清的那種。」

佟道揉著眉心，得揍她一頓，否則太沒規矩了。

知星淺笑，說道：「五隻聖獸的本源力量加持在你身上，你顯得遊刃有餘，或許你已經初步具備了至尊的實力。」

佟道說道：「還不敢如此自信，得真正較量過。譬如幾位主宰，我對他們的力量有些忌憚。」

知星說道：「那是你沒理解主宰的概念。主宰，是基於某種力量，他們掌握了規則；而至尊則是超脫了規則的存在，譬如說冥尊，他與戰艦融合在一起，屬於特殊生命，就不在規則之中。」

佟道的眼睛瞇起來，起源說道：「阿姨，我的末日方舟很大，妳可以選擇一個最喜歡的風格，我幫妳建造屬於妳的安樂窩。」

永遠不要高估起源的操守，也不要低估起源的智慧。融合了金色晶片，起源又精又靈，裝傻充愣兼賣萌，讓人根本無從抵禦。

知星不動聲色，佟道說道：「希望星尊不覺得委屈。」

知星說道：「起源的邀請，讓我相當歡喜。星辰低語，告訴我真正的末日方舟是個巨大的圓盤。」

起源眼眸亮晶晶，說道：「對啊！那是戰爭狀態，趕路的時候太笨重，分化為九艘戰艦，速度快得多。」

知星說道：「我認為慢一些比較好，許多時候，慢就是快。」

起源歪頭說道：「慢慢趕路，迅速提升，等著挖坑埋了冥尊？」

知星在起源的小臉上捏了一把，說道：「真聰明。想一想，恢復為戰爭狀態的末日方舟凝聚出來的真實投影該有多強大？先逐步適應，因為能夠掌控的力量，才是真正的實力。」

起源從善如流，九艘戰艦靠在一起，彼此伸展出相互契合的部位，巨大的末日方舟緩緩凝聚出來。

知星的氣息也驟然膨脹，冥尊的戰艦衝向知星所在的星辰，知星的聲音響起：「今日，我正式投靠佟道，與天啟星雲再無瓜葛。冥尊，你的野心與圖謀，我很清楚，只是你在痴心妄想。」

戰艦迸發出光柱，直接轟開了知星隱居多年的洞府。

洞府破碎，知星已經通過不可知的方式，把自身的力量傳遞到了星辰戰艦。

冥尊的攻擊、知星的離別宣言，讓一道道強橫的靈識投過去。

冥尊出現在戰艦之上，憤怒吼道：「知星墮落了，我建議殺了玄聖。」

一個低沉雄渾的聲音響起：「玄聖是我星獸一族，你殺牠試試？」

人族九大至尊，知星逃之夭夭，公然叛逃。星獸八位霸主不在意玄聖的死活，但是冥尊憑什麼主張殺了玄聖？你想洩憤，就去找佟道；玄聖的生死，不是人族至尊所能干預。

青龍等四隻聖獸投靠佟道，情有可原，鷹聖為何也投靠過去？現在更加上人族的星尊，到底發生了什麼？那個叫作「佟道」的傢伙到底有什麼魅力？

為了謀求超脫，或者純屬湊熱鬧，九大至尊與八位霸主匯聚天啟星雲，至於誰想真正超脫，並不是很確定。星空太過龐大，沒有誰敢說自己到達過星空盡頭。這個世界還沒搞清楚，就去研究超脫？

問題是天啟星雲核心處的黑洞會吞噬附近的所有物質，並且會不定期吐出一些極其罕見珍貴的資源。這讓知情人相信，黑洞是一道特殊門戶。

因此無論是為了窺視黑洞的祕密，還是覬覦黑洞吐出來的珍稀資源，人族九大至尊和星獸八位霸主全部匯聚在這裡，然後他們就捨不得離開了。

黑洞吐出來的資源，絕大部分是這個世界沒有見過的奇異物質。

人族九大至尊各有各的發展方向，他們對於這些資源的渴望甚至經常導致發生爭執。反倒是星獸霸主只對極少數的資源感興趣，畢竟牠們打造的最強武器就是自己的軀體。

現在星尊寧願捨棄黑洞反哺出來的珍貴資源，也要投靠佟道，到底是為了什麼？

最憤怒的是冥尊，現在他終於反應過來，為何這些年星尊把絕大部分得到的珍稀資源送給冥尊，原來星尊從來沒想過與冥尊合作。

不欠情分，機會到了，果斷逃之夭夭。冥尊狂恨，只是他不敢面對佟道，悍天域的相逢，讓冥尊產生極為可怕的預感，或許下一次見到佟道，他會敗得特別慘。

一隻如同高山的巨猿走出自己所在的星辰，巨猿身上穿著簡陋的戰甲，戰甲上各種暴力打擊留下的痕跡，證明巨猿經歷過數不清的戰鬥。

巨猿來到玄武聖獸的面前，靈蛇頭顱抬頭，說道：「我不怕死，佟道給我準備了逃走的手段，只是我不想用，我想在這裡看到佟道抵達。」

巨猿用低沉雄渾的聲音說道：「為何？」

靈蛇頭顱說道：「佟道曾經很弱，弱到沒人在意。然後他走出了虛擬世界，對抗真天域的掠奪。他有擔當，對於人族也好，異族也罷，他同樣的信賴與器重。或許有人比他實力更強，卻沒人比他更公允。猿霸主，當你見到他，和他打過交道，你就會明白我的意思。」

一道嘶啞的聲音在遠方響起：「異族？你把星獸稱為『異族』？」

老龜頭顱說道：「是人族以外的生命，不僅僅是星獸一族，還有其他的生命存在。這不是詆毀的稱呼，只是用來區別不同的生命形態。」

猿霸主好奇的問道：「星獸之外的生命，你看過？」

靈蛇頭顱說道：「當然見過，知星大人去尋找佟道，就是因為她聆聽星語，知道了其他生命的存在。冥尊想殺我，是擔心他處在下風的祕密被暴露。來不及了，冥尊，你已經徹底失去面對佟道的底氣，佟道麾下的兩個超級生命個個能夠吊打你，哈哈哈……」

玄武聖獸的笑聲嘲諷意味十足，結合冥尊的暴怒與星尊的遠走，這番嘲諷的真實性大增。

猿霸主斜睨，冥尊所在的戰艦沒敢衝過來。

老龜頭顱看著敢怒不敢言的冥尊，說道：「知星大人抵達了星辰戰艦，並願意和佟道真誠合作。我想，佟道趕赴天啟星雲的速度會更快。」

冥尊冷冷說道：「猿霸主，我想殺了玄武聖獸，你要什麼代價？」

猿霸主說道：「星獸絕對不會做這種交易，你若是痛恨佟道，那就衝過去和他死磕，哪怕死了，也讓人尊敬你是條好漢子。」

一個女子的聲音響起：「冥尊，淡定一些。你是人族至尊，擁有特殊的天賦，當你的潛力綻放出來，你會重新獲得榮耀。」

冥尊說道：「多謝啟尊指點，只是我無法容忍星尊的背叛，她辜負了我一片真心。」

玄武聖獸的兩個頭顱閉嘴，辜負了你的一片真心？星尊從來不接受你所謂的示好，更不占你的便宜。星尊正在和御主閒聊，隨口講起了這些瑣事。

這個時候繼續刺激冥尊就沒意思了，猿霸主出面保護，這也是變相代表八位星獸霸主的集體意志。

九大人族至尊中，星尊已經抵達星辰戰艦，冥尊注定被御主和起源克制，也就是說，九大至尊變成了七個，佟道進軍天啟星雲之路真正看到了希望的曙光。

猿霸主的金色眼眸投向啟尊的方向，身為霸主，牠明顯知道得更多一些，也知道冥尊對星尊的垂涎。

猿霸主問道：「玄聖，佟道到來，能帶來什麼好處？」

老龜頭顱說道：「星辰戰艦上融入一株罕見的母樹，星尊會幫助母樹進化為木系星獸。母樹上結出了各種果子，我的玄武分身看到的就有數百種。」

打動人心需要投其所好，結出各種果子的母樹，猿霸主明顯動心了。

啟尊的聲音響起：「老猿，或許我們應該開誠布公的洽談，商討如何穩固天啟星雲的局勢。畢竟我們相識太多年，我不希望外人闖入其中。」

玄武聖獸的兩對眼睛垂下，啟尊慌了，所以想要拉攏猿霸主。

第八章

成長

色彩瑰麗的星空中，星雲與星團組成了迷離的宇宙，一團璀璨的星光從遠方向著前方急速前行。星光接近的時候，才能看出那是星空中無數星辰釋放的星力籠罩的十艘龐大戰艦。

最前方的星辰戰艦上，艦首的母樹樹冠鬱鬱蒼蒼，艦尾的枯木叢林更加乾枯，卻有一朵鵝黃色花朵怒放。這朵鵝黃色的花蕊中，鬼皇抱著劍匣，在兩萬個陰陽萬嬰的簇擁下垂眸靜坐。

星辰戰艦的甲板上，將近十萬仙人盤膝入定。這群披甲仙人正在全力汲取浩瀚星力，同時彼此的氣息也在相互流動。

十萬仙人成一陣，並與星辰戰艦結合在一起。同樣披甲的御主投影站在母樹下，御主第一次擁有征戰沙場的能力，顯得意氣風發。

指揮艙中，御主的本體痴痴看著翻閱無字書的佟道。無字書中的符文與星力凝結出五隻聖獸的幻象，隨著佟道翻書的動作，書中的聖獸幻象似乎活了過來。

起源的投影和知星坐在母樹的樹杈上，悠然啃著靈果。星辰戰艦甲板上的符文明滅不定，不斷組合出不同的陣法。

看得到的是甲板的符文大陣，看不到的是星辰戰艦內部充斥著密密麻麻的符文。

四間巨大艙室中，青龍、白虎、朱雀、玄武正使用自身的靈識與大陣契合，嘗試著把自身的力量融入星辰戰艦，從此星辰戰艦就是牠們的根基所在。

對於長年在各自星辰長眠沉睡的四聖獸來說，越是感悟星辰戰艦，越是感到不可思議。

這艘星辰戰艦是在高修世界孕育，卻不在牠們的感知當中。哪怕是玩家進入高修世界，開始雕琢星辰，製造戰艦，四聖獸也沒察覺到異常。

除了玄武之外，青龍、白虎和朱雀的本體傳送到了星辰戰艦之中。牠們依靠本體感悟，才清晰感知到星辰戰艦的強大。

星辰也有強度，星辰戰艦則是金屬星辰一再壓縮之後雕琢成戰艦，並從高修世界傳送到真實世界，再次經歷壓縮，直接壓縮了四分之三的體積。

普通人在星辰戰艦上根本無法存活，星辰戰艦自身就有強大的引力，普通人落在星辰戰艦上會直接被壓垮。

從內到外的密集符陣，將星辰戰艦構建出完整的防禦體系。四聖獸感悟星辰戰艦的同時，也是融入符文大陣的過程。

符文沒有全部啟用，而是根據不同的情況啟動不同的符文。青龍等人的本體身上已經浮現出符文，四聖獸與星辰戰艦的融合也漸入佳境。

起源的投影靠在知星肩頭，知星無奈搖頭。這個超腦進化出來的生命太雞賊，然而也並不討厭。

九艘戰艦正在一艘艘改造，星力智腦製造出來一批，就改造一艘戰艦。起源的投影越來越凝實，氣息也越來越強大。

御主是依託仙人大軍還有四隻聖獸的力量，起源則是依靠她的末日方舟，竟然比御主更強。

知星相信，九艘戰艦全部改造完畢，組成末日方舟的時候，起源的力量會超出想像，冥尊明顯不夠看了。御主依託星辰戰艦，足以吊打冥尊。

冥尊是前所未有的人族與戰艦結合，因此冥尊成為至尊；現在佟道麾下有御主和起源這兩個強橫的幫手，冥尊大勢已去。

來對了！知星對自己的選擇相當滿意。

母樹的枝葉綻放出星光，起源睜大眼睛。粉雕玉琢的小女孩偏要穿著軍裝，還歪戴著帽子，顯得極為調皮。

母樹的根鬚在末日戰艦內部延展，艦尾的枯木叢林根鬚也在舒展，兩株靈樹的根鬚在星辰戰艦內部觸及在一起。

星力組成一個巨大的太極球把星辰戰艦籠罩其中，佟道雙手扯開無字書，無字書化作長長的卷軸，母樹和枯木叢林的幻影出現在卷軸上。

流轉的太極球形狀護盾上浮現出青龍的幻影，旋即是玄武，接著是白虎，最後是打著呵欠的朱雀。

坐在鷹聖背上的白虎聖獸站起來，粗壯鋒利的爪子撕裂虛空，向著星辰戰艦衝了過去。

遠遠看到星辰戰艦，白虎聖獸發出雄渾的咆哮。漫長的旅途終於看到終點，白虎聖獸化作流光，撞向太極球。

知星攬著起源，說道：「兩儀四象，何其壯觀的大氣象！」

起源臭著臉，小聲說道：「看到偏心眼沒有？閨女不如小三受寵啊！」

知星微笑，起源彷彿專注的看著前方，說道：「我老爹可風流了，真的，他也真捨得。阿姨，妳不考慮考慮？」

知星掐著起源的臉頰旋轉，扭不動。起源是末日方舟的力量凝結出來的真實投影，身體強度相當可怕。

知星算是看出來了，起源一再和她套近乎，還總是表現出對御主的羨慕嫉妒，實則是為佟道拉人頭，簡直氣死！

起源索性把小臉埋進知星懷裡，知星笑吟吟，她的力量正注入到母樹和枯木叢林中，推動母樹和枯木叢林進化。

母樹還好，枯木叢林原本藏在天鬼的紫府中，算是佟道的本命靈物。知星推動枯木叢林進化，本身就與佟道有了特殊的感應。

白虎聖獸衝入星辰戰艦，第一時間把自己本體的力量傳遞給玄武。四聖獸中唯有玄聖的本體被禁錮在天啟星雲，白虎希望為這個原本貪生怕死的傢伙盡一份力。

御主投影的戰甲上，雙肩和前胸、後背浮現出四聖獸的圖案。

鷹聖直接落在後方的一艘戰艦中，起源坐正身體。星辰戰艦有四聖獸還有母樹、枯木叢林，末日方舟只有鷹聖，這是起源唯一的強大幫手，必須打好關係，起源為人相當練達。

鷹聖進入艙室中，與銀色飛鷹融合在一起。起源的另一個投影浮現在鷹聖面前，慷慨激昂的說道：「老叔，這還能忍嗎？」

鷹聖張嘴，啊？佟道是妳爹，妳管我叫「老叔」？叔叔比父親年紀小，這個道理妳不懂？

起源右拳砸在左掌心，說道：「在我心中，四聖獸是一群老朽；鷹叔不一樣，年少有為，英明果敢。」

鷹聖說道：「也沒妳想的那樣精明。」

起源說道：「不需要精明，人奸沒飯吃，狗奸沒屎吃。在命運的轉捩點做出正確選擇，這就是智慧，鷹叔就做對了。」

鷹聖覺得好像是這個道理，論奸詐，誰能比人族更奸詐？但是有用嗎？人族內部可不團結。玄聖來不及逃走，但是猿霸主出面，不允許人族至尊傷害玄聖，這是什麼？這就是星獸的擔當。

起源握著拳頭，說道：「我小媽那裡高歌猛進，咱們爺倆明顯勢力孤單，叔，咱們得精誠合作。」

鷹聖板著臉說道：「喊『伯父』。」

起源從善如流，說道：「鷹伯。」

鷹聖滿意說道：「妳有什麼具體想法？我看妳的真實投影比冥尊強多了。」

起源湊在鷹聖面前，鷹聖的身體竭力收縮，免得起源需要仰頭踮腳。

起源看著儘量低頭的鷹聖，說道：「兵貴精而不貴多，四聖獸牠們不行，如果牠們有真本事，就不至於成為虛擬世界的基石。鷹伯，我覺得你行，咱們爺倆配合，能相當於兩個至尊不？」

鷹聖還真不敢小瞧起源，這個特殊生命化作的小女孩野心勃勃，臉厚心黑，潛力巨大。鷹聖說道：「妳達到最強狀態沒有？」

起源說道：「還差許多，九艘戰艦全部改造完成，我的實力還能提升許多。但是必須在徹底自我進化前，和鷹伯奠定合作基礎。我依託末日方舟存在，鷹伯的速度絕倫，咱們爺倆合作起來，能遠攻，能近戰，是不是有搞頭？」

鷹聖心動了，星辰戰艦的確很強，起源拼裝的末日方舟也有自己的優勢，那就是起源底蘊深厚。

御主主宰星辰戰艦，與起源真正合作之前，御主顧慮重重。鷹聖看出來了，起源這個小丫頭不是想像中那麼簡單。

鷹聖說道：「這事，得佟道出面，他構建的符陣相當強大，必須讓佟道為咱們爺倆量身訂作符陣，從而發揮出合作的優勢。」

起源伸出一根手指，說道：「鷹伯，我只能保證一點——末日方舟不徹底毀滅之前，我所有的力量可以任由你調用。這裡沒外人，我看出鷹伯對於汲取星力不是那麼擅長；但是末日方舟足夠大，汲取的星力足夠多。」

鷹聖抬腳，用鳥爪和起源的小手握在一起。

鷹聖有短板，那就是牠雖然可以撕裂虛空，速度絕倫，代價就是鷹聖的真實戰力有限，沒可能無盡汲取星力。

起源的末日方舟提供源源不斷的星力，鷹聖和起源的真實投影組合在一起，真的大有搞頭。

九艘戰艦重新組合在一起，起源不急著趕路了。和鷹聖坦誠溝通，得到了鷹聖的認可，起源決定慢一些，讓佟道幫助末日方舟構建完整的符陣。

起源甚至相信，未來有一天，她能夠徹底解析符文與符陣，從而與鷹聖進一步合作，從而以君臨天下的姿態進軍天啟星雲。

停泊在星空深處的韓家艦隊如同一群黑色的隕石，動力爐鎖死，智腦也被鎖定，無法對外聯絡，更沒有辦法移動。

每艘戰艦中有許多屍體，甚至有些屍體已經殘缺不全。

韓家從未想過艦隊會失控，從真天域前往韓家的後備基地並不遙遠，因此艦隊只攜帶半個月的生活物資，食物、飲水不夠，這是真天域的豪門從未想過的事情。

真正的威脅降臨，人性的醜陋也就爆發出來。因為戰艦之間彼此無法聯絡，一些艦長帶著核心部下開始對基層官兵下毒手，因為他們有隨身的武器，打著剷除叛亂分子的旗號，開始分化部下，並且集體屠殺。

最初的想法是殺死一些人，這樣可以減少食物和飲水的消耗。隨著時間推移，根本看不到戰艦重新啟動的跡象，那些死去的屍體似乎也能廢物利用。

韓五城的食物供應還算充足，他所在的旗艦下手最早，活下來的成員幾乎全是韓家的嫡系子弟。

終有一天，食物和飲水會徹底耗光，那就只有活活餓死、渴死的下場，韓五城追悔不迭。

問題到底出在哪兒？韓五城百思不得其解。就在韓五城端著酒杯沉吟思索的時候，他的腦海劇烈眩暈，手中的酒杯搖晃，美酒灑落出來。

一個少女衝到韓五城身邊，攙扶著他的胳膊。韓五城的身體緩緩坐穩，只是眼神明顯凌厲起來。

在真天域的薛家，薛行簡的身體也在搖晃之後恢復過來，這樣的情況也出現在另外六個家族的族長身上。

八個家族族長的記憶被飛快翻閱搜尋，查找各種可疑的線索。

在韓家的艦隊附近，靈魂之主的神選者，也就是那個老者抬起短杖，身體直接進入韓五城所在的旗艦中。

旗艦中的韓家子弟舉著武器對準老者，韓五城的聲音響起：「放肆！還不快請客人過來？」

老者來到指揮艙，看著眼神變成銀白色的韓五城，說道：「這支艦隊孤懸星空。」

韓五城說道：「被御主控制了，可以肯定的是，御主和佟道勾結，導致艦隊徹底失控。真天域的薛家族長也被我收回了控制權，他掌握著一部分祕密。

事情起因在於薛天珺創造了一個超腦生命，名為『起源』，而御主則是被真天域的超腦生命天衣控制。如此重要的消息，隱患爆發之前竟然沒有任何風聲。如果這八個家族的族長不是我早就埋下的棋子，只怕佟道帶著艦隊進攻天啟星雲，也沒人知道他到底掌握了何等可怕的力量。」

老者說道：「主上，兩個超腦誕生的生命，那豈不是相當於兩個冥尊一樣的存在？」

韓五城說道：「比冥尊更強，星尊肯定察覺到了端倪，因此果斷投靠過去。星尊完了，起源製造出末日方舟，可以無限擴張的龐大戰艦，御主則掌控了星辰戰艦。當佟道抵達天啟星雲，冥尊的至尊地位必然不保，甚至他若是看不明白局勢，被起源和御主吞噬也不是不可能。」

老者握緊短杖，說道：「如此強大？」

韓五城說道：「否則冥尊不會氣急敗壞，星尊也不會毫不留戀的離開天啟星雲。鷹聖等五隻聖獸也願意投靠佟道，足以說明佟道的羽翼已經豐滿。

你去追上佟道，嘗試著拋出我的善意。就說靈魂之主願意袖手旁觀，絕不干涉佟道進軍天啟星雲，也不要隱瞞八個家族的族長是我的傀儡分身。這是誠意，必須表達出來。」

老者欠身說道：「這樣做，或許會觸怒啟尊他們。」

韓五城說道：「猿霸主出面庇護玄聖，這難道不是激怒啟尊他們？我相信，若是戰爭爆發，星獸強者最大的可能是袖手旁觀。

如果佟道戰敗，那個時候我們再做決定。當然我更傾向於佟道的個人戰力相當於一個至尊，否則起源和御主憑什麼為他效力，五隻聖獸為何投靠他，甚至星尊也果斷投靠過去？

這個從虛擬世界走出來的少年真的要崛起了，天啟星雲必將因為他而風雲變幻，我們不參與其中，免得被大勢輾壓。」

老者欠身說道：「主上睿智，要不要我和佟道洽談，讓他放過韓家的艦隊？」

韓五城說道：「不需要畫蛇添足，當你傳達我的意思，佟道知道八大家族的族長是由我控制，佟道就會做出決定。如果佟道的眼界足夠高遠，會主動解開韓家艦隊的禁錮。佟道若是這樣做，就意味著他有強大的信念，認為他能夠高歌猛進，我會在天啟星雲正式歡迎他的到來。」

老者說道：「我現在就出發。」

薛行簡眼中的銀色消失，他靜靜坐在那裡思索良久，終於放棄了不該有的念頭。

恢復了記憶，也知道了自己是靈魂之主的傀儡，薛行簡很清楚一點，現在什麼也不要做，躺平，等待佟道遠征天啟星雲再說。

佟道若是敗了，一切自然無話可說；若是佟道能夠在天啟星雲占據一席之地，薛家就是真正崛起了，靈魂之主也會明智的放棄對薛行簡的掌控，徹底還給他自由。

佟道把薛天珺送入虛擬世界是對的，這樣就沒人能夠威脅到薛天珺，也就意味著靈魂之主不會對薛行簡做些什麼。

害怕的汗水從薛行簡的鼻尖滑落，曾經以為能夠靈魂轉生，是自己的血脈特殊，現在知道了，自己不過是靈魂之主控制的傀儡，還是傀儡之一。

薛行簡很在意這個自己親手創立的家族，不管自己是不是傀儡，這個家族的繁衍生息，全是薛行簡這麼多年辛苦經營而來的結果。

如果願意豪賭，薛行簡現在就應該下令，讓薛家聯手柳家，徹底掌控真天域；但是不能，靈魂之主肯定更傾向於八大家族共治，現在薛家出頭，必然引起靈魂之主的懷疑。

薛行簡顫抖的手拿起一支雪茄點燃，薛天珺高枕無憂，薛家就立於不敗之地，可以進退自如。無外乎兩家掌權還是八大家族共治的問題，利益多少而已。

龐大的末日方舟再次分裂為九艘戰艦，起源在嘗試不同形態下的投影狀況，同時起源在與御主共同設計建造的星力智腦基礎上進一步的擴展。

起源的計算能力比御主更強，末日方舟更是可以分散組合的特殊戰艦。分散時九艘戰艦擁有獨自支撐起源凝結真實投影的能力，若是遭到毀滅性打擊，任意一艘戰艦也能成為新的主體。

組合在一起的時候，所有的星力智腦成為一個局域整體，這才能把起源的優勢發揮得淋漓盡致。

每一次佟道給末日方舟構建一次符文大陣，起源就要嘗試分散感悟。在這個過程中，起源也在學習符文的知識。

高修世界中，玩家逐漸退回真天域，當時搞得人人自危的域外天魔危機暫時解除。四個巡天使者在四個聖獸分身的幫助下，正在全力催化修士大軍。四大星域抽調了十萬仙人離開，司主下令，在大修中培養一批可靠的成員，幫助他們突破飛升的門檻。

星辰戰艦和末日方舟足夠龐大，司主的想法是培養一百萬大修，當然這不是一蹴而就的，可以慢慢來。

現有的十萬仙人，加上巡天司的精銳仙人目前夠用，只是為了長遠著想，必須培養出一批仙人新血，成為佟道的可靠部下。

天啟星雲在漫長的歲月中形成了三大序列，最核心的至尊與霸主、中間的主宰與聖獸、周邊的尋常強者。這是約定俗成的規矩，若是有信心，周邊的強者完全可以向主宰或聖獸發起挑戰。當然，數萬年來，也沒有這樣的挑戰發生。

依託天啟星雲的星辰，占據的時間越久，自身的實力便越強，外來人想要挑戰？失敗的代價很慘重。

這一次佟道帶著大軍遠征天啟星雲，人沒到，名聲早就傳到了。

一個虛擬世界走出來的少年，獲得了五隻聖獸的追隨，還有星尊主動投靠。

到底是什麼樣的少年？天啟星雲有多家賭局開出盤口，有的賭佟道多久能夠到來，有的賭佟道能夠占據人族主宰的位置。

還有一個不公開，卻極為驚悚的賭局祕密傳播，那就是佟道是否具備挑戰至尊的資格。沒人敢明說，但誰都清楚，被挑戰的至尊指的就是冥尊。

在這種緊張的氣氛中，一艘巨大圓盤形狀的戰艦，載著一艘威武霸氣的巨大黑色戰艦，出現在星空遠方。

耗費數年之久，那個橫空出世的少年終於出現在天啟星雲的附近，正以緩慢且堅定的方式，猶如駕馭一顆巨大的星辰輾壓而來！

無數的目光投過去，有人靈識不夠強，迎著那艘造型奇特的龐大戰艦飛過去。他們想要看個究竟，到底這是什麼樣的戰艦，導致冥尊也曾經灰頭土臉，甚至在天啟星雲拚命拉攏盟友，試圖徹底毀滅這個彗星般崛起的少年。

佟道從深沉的入定中醒來，無字書打開，化作巨大的無字長卷。長卷上只有兩艘戰艦的幻影，一為星辰戰艦、一為末日方舟。

第九章 戰端開啟

當佟道醒來，星辰戰艦從末日方舟上飛起來，四隻聖獸的幻影浮現在星辰戰艦的上下左右四個方位，艦首的母樹與艦尾的枯木叢林也在此時綻放出聖獸的氣息。

一艘戰艦，六隻聖獸加持，離開了即將抵達的悍天域，之後末日方舟和星辰戰艦開始遠征天啟星雲。一路上起源沒有機會掠奪戰艦強化末日方舟，也沒有在星辰上採擷資源，製造設備。因此末日方舟現在依然是巨大的圓盤形狀，上面的偌大甲板光滑平整，下面如同盤子一樣，有著逐步收斂縮小的底座。

當佟道出現在末日方舟的甲板上，顯得孤伶伶的，如同一片海洋般巨大的圓盤上出現了一粒芝麻。

星辰戰艦上有十萬仙人，還有六隻聖獸。末日方舟的甲板光滑如鏡，那些密集的符文被特殊金屬填充，同樣打磨得異常光滑。

隨著佟道出現，一隻巨大的銀色飛鷹載著一個穿著軍裝的小女孩出現在佟道身後。

歪戴軍帽的小女孩扛著一門與她身材明顯不成比例的艦砲，囂張狂放的站在銀色飛鷹背上，氣場強大得一塌糊塗。

佟道入定前，起源淚眼朦朧，佟道只好留在末日方舟中入定。現在佟道明白了，起源要在天啟星雲的各路強者面前狐假虎威。

戰爭之主和陰影之主目光投過去，陰影之主的神選者被佟道兩根手指捏爆頭顱，陰影之主的神選者被關押在天罡塔，他們兩個可以說與佟道有直接的仇恨。

當靈魂之主浮現出來的時候，戰爭之主問道：「你的神選者毫髮無損，我們兩個損失慘重，不想說些什麼？」

靈魂之主目光投向末日方舟，說道：「在下靈魂主宰，謹代表我與麾下的夥伴，恭迎道友進軍天啟星雲。」

戰爭之主和陰影之主懷疑自己聽錯了，幾年前鷹聖的分身帶隊，陰影之主、戰爭之主和靈魂之主的神選者帶著艦隊出征，然後鷹聖叛逃了。

本以為佟道有能力收買星獸，現在靈魂之主竟公然慶祝佟道到來。也就是說，當初的四方勢力，有兩方投敵了。

被鎖鍊捆縛的玄武聖獸發出「呵呵」的大笑聲，知道大軍到來，佟道真正抵達天啟星雲的時候，玄武聖獸才知道真的穩了。

佟道鄭重拱手，對靈魂之主說道：「神交已久，今日終於正式見面。猿霸主前輩，晚輩聽聞前輩庇護玄聖，不管是出於任何理由，佟道領這份情。」

猿霸主的聲音響起：「不需要領情，你只需要告訴我，為何五隻聖獸與星尊投靠你。」

佟道略一思索，說道：「因為我長得好看。」

猿霸主放聲大笑，佟道的任何回答都難免被人指摘，唯有這種不要臉的自吹自擂才讓人聽著歡喜。

五隻聖獸中，四隻來自虛擬世界，佟道就是在這四隻聖獸的本源構建的虛擬世界誕生。青龍、白虎、朱雀、玄武之間原本就沒什麼交情，佟道使用什麼方法將牠們凝聚在一起，解釋起來必然極為麻煩；至於鷹聖這個公然叛逃的傢伙為何投靠佟道，肯定有更複雜的原因。

因此佟道選擇不解釋，我身邊高手如雲，就因為我長得好看，誰不服氣，誰站出來。

冥尊的戰艦從天啟星雲深處飛出來，起源站在鷹聖背上，威風凜凜的吼道：「冥尊，你身為人族九大至尊之一，現在該讓位了。」

冥尊的投影出現在戰艦之上，啟尊的聲音響起：「果然來意不善，星尊，是你蠱惑他們這樣囂張？」

知星與御主出現在星辰戰艦上，知星說道：「至尊的位置不是打出來的嗎？既然規矩如此，那麼佟道的養女起源挑戰冥尊，不是理所當然的事情？或者讓御主出戰也可以。她們兩個母女相稱，誰取代冥尊並不重要。」

冥尊指著佟道，說道：「她們想取代我，那麼佟道想取代誰？一個虛擬世界誕生的傢伙，也想挑戰天啟星雲的秩序？」

知星說道：「出身很重要嗎？你加入天啟星雲之前，誰又知道你的跟腳來歷？」

猿霸主說道：「當初人族有九大至尊，星獸卻只有八個霸主，我記得當年就是你主張同類只能出現一個強者，因此牽星猿就失去了成為第九個霸主的資格。現在你的同類出現了，還是兩個之多，她們來了，你們身為同類，只能有一個至尊的位置。」

一個顫巍巍的聲音響起：「贊同。」

一個嬌媚的女子聲音響起：「附議。」

一個個來自不同星辰的聲音響起，這是星獸霸主的支持；人族至尊們沉默，沉默也是一種態度，可以是默許，可以是不反對。

啟尊的聲音響起：「諸位霸主，你們和佟道達成了祕密協定？」

知星的聲音響起：「至少我沒看到佟道與諸位霸主有任何聯絡，或許諸位霸主看到了五聖獸在佟道身邊活得很滋潤，且看到了兩株靈樹進化為聖獸，所以心中歡喜；身為人族，我也為這裡真正的和諧氣氛而歡喜。

佟道出身虛擬世界，承受虛擬世界被掠奪的痛苦。他做到了己所不欲，勿施於人，諸位聖獸自然看在眼裡。」

冥尊的戰艦向前逼近，戰艦的後方，數以千計的戰艦密密麻麻，向著冥尊的戰艦靠近。

起源挑眉說道：「小嫣，妳還是我？」

御主深吸一口氣，這道投影驟然壯大，化作身披戰甲的英武女子。四聖獸與兩靈樹的力量，還有十萬仙人的力量同時加持在御主身上。

星辰戰艦隱藏起來的砲口伸出來，星辰戰艦升起太極球護盾，悍然迎著冥尊的艦隊而去。

起源張口結舌，我就是客氣一下，妳怎麼直接上了？妳要臉不要？我這麼拉風出場，就是準備狠搥冥尊，直接搶奪至尊的位置。御主這個臭娘兒們做了什麼？她直接搶占了先機。

起源尖叫道：「死老頭子，你不給我一個說法？」

佟道說道：「至尊輪流做，一人一屆，十年為一屆。」

一道道光束從對面的艦隊迸發，轟在太極球護盾上，化作璀璨的光雨。起源喊得凶，但是起源的力量依然射向冥尊的戰艦中。

悍天域周邊的流星帶，起源和御主聯手解析了黑色戰艦，從那個時候起，就注定冥尊可悲的下場。

短暫數年，冥尊不可能得到什麼突破。然而御主和起源聯手，以黑色戰艦的智腦為基礎，製造出更加強大，且組成體系的星力智腦。

這也就意味著御主和起源單打獨鬥都不是冥尊所能比擬，更不要說起源喊歸喊，卻不給冥尊任何翻盤的機會，這個基本節操她還是有的。

光束打在太極球護盾上，四聖獸和兩靈樹巋然不動；而星辰戰艦的砲口開始還擊，便如一顆黑色金屬星辰輾壓過去。

冥尊手中出現一柄長刀，旋即看到御主手握長劍出現在暗金色戰艦上，御主主動發起近身搏殺。

佟道真的乘坐戰艦而來，他自己沒動手，反而讓這個成為御主的女子和人族至尊開戰。最可怕的是，星辰戰艦不斷轟爆冥尊的戰艦，而御主則是剽悍的衝到冥尊的戰艦上近身戰鬥。

起源竄到佟道身後，耳語說道：「老爹，打到什麼標準？」

佟道輕聲說道：「取而代之，自然要處理乾淨。」

起源賊笑說道：「星獸霸主不會有意見，人族至尊或許會集體出擊呢！老爹，你撐得住？」

佟道說道：「總得試試再說。啟尊、冥尊，妳不覺得他們有所聯繫？」

起源歪頭，低聲說道：「老爹的意思，啟尊和冥尊的關係，就如同媽媽和我的關係？因為啟尊啟迪了靈智，才有冥尊的誕生，因此啟尊必須力挺冥尊？」

佟道說道：「隨口猜的，不見得作准。御主遲遲不下死手，或許御主也有所猜測。」

起源使壞說道：「要麼小媽無能，打不過冥尊：要麼小媽別有用心，隨時準備叛逃。我隨時準備控制冥尊的戰艦，她卻磨磨叨叨。完了，老爹，你要面臨人生中第一次背叛，背叛你的人還是你的娘兒們。」

佟道回手抓住起源，按在自己屈起的膝蓋上，掄圓了巴掌抽下去。起源的哀號聲迸發，惹來無數震驚的目光。

識貨的大有人在，起源和御主與冥尊是真正的同類，起源還是佟道的養女，現在更是被當眾暴揍，這就是佟道對待部下的做派？那幾隻聖獸還有星尊為何要投靠這種暴力的傢伙？

冥尊低聲說道：「御主，取代我的後果妳想過嗎？妳想過佟道會真正信賴妳嗎？非我族類，其心必異。妳有沒有想過與我合作？真正的合作。我知道至尊的弱點，妳我合作，可以爭取更大的話語權。」

御主進攻遲疑，冥尊狂喜說道：「天啟星雲的祕密比妳想像中更龐大，黑洞的祕密也不是想像中那麼簡單，不僅僅是超脫，這只是一個思路。」

御主不以為然，說道：「因為天啟星雲的這些星辰組成了一個特殊的場域，類似特殊超腦的核心？」

冥尊大驚，妳還沒有深入天啟星雲，就看出了這個祕密？

天衣誕生靈智多年，她一直默默關注真天域，從各方面學習。

起源融合金色晶片，得到了高科世界的記憶寶庫，天衣奪舍的御主對於人性的理解並不遜於起源，只是不顯露出來。

御主不給起源機會，她主動出擊，就是看出冥尊的色厲內荏。這是很微妙的覺悟，沒證據，就是有這種感覺。

冥尊的戰艦齊鳴，哪怕是一顆星辰也要被打爆，但是冥尊難道不知道，星辰戰艦是一顆金屬星辰雕刻出來的？

在悍天域的流星帶，冥尊的投影被擊潰，黑色戰艦被徹底解析，甚至一臺星力超腦也被佟道奪走了，冥尊忘了？

在這種情況下，冥尊依然暴跳如雷，擺出與佟道勢不兩立的姿勢，真的是因為即將被奪走至尊的身分？打不過就逃，這個道理冥尊不懂？

多方勢力關注中，冥尊若是想逃，佟道不會下令追殺。冥尊最多丟失至尊的身分，未來可以謀求東山再起，或者躲在偏遠星域享受餘生。

御主衝上來開戰，冥尊的攻勢威猛，當事人御主卻察覺到冥尊另有所圖。冥尊眼神下沉，御主的長劍捲起星光暴射過去。冥尊拚命阻擋，長劍依然貫穿冥尊的心臟。

御主喝道：「奪你的戰艦，看你還有什麼手段負隅頑抗。」

御主搶奪戰艦的能力遠遠不如起源，這一聲叫囂，是在提醒起源該下手了。而且還不能暴露起源會參與，這艘巨大的暗金色戰艦被搶奪過來，必須讓人以為是御主下手成功。

暗金色戰艦的動力爐熄滅，一臺臺星力智腦納入起源的掌控當中。

冥尊抬腿踹過去，同時眼神盯著自己的膝蓋位置。

御主雙手握劍斬落，冥尊的右腿從膝蓋以下被斬斷。冥尊單腿向後跳，轉身看著另一個方向，說道：「我的禁錮被斬斷了，多謝。」

冥尊被斬落的小腿跳起來，佟道抬手，影藤從御主的袖子裡飛出來，纏住了冥尊小腿化作的小人。

冥尊看著遠方，說道：「啟尊，擺脫了你的掣肘，過去的恩怨我不計較。沒有你的啟迪，我當時已經瀕臨死亡，沒機會與戰艦融合為一體；但是你利用了我太多年，讓我做了許多不想做的事情。

過去我做過什麼事情，我願意承擔責任，算是對你救命之恩的回報。今後，你是你，我是我，我不再是你的傀儡，你也不要奢望讓我去探索黑洞。」

暗金色戰艦向著星辰戰艦飛過去，吃瓜的眾人麻木。佟道這他娘的有毒是不是？怎麼接觸到佟道的人就會叛逃過去？

單腿站在戰艦上的冥尊說道：「啟尊讓我探索黑洞，並提出構建虛擬世界的想法，強迫四聖獸分裂出本源力量，成為虛擬世界的基石，主要目的是打造出一艘前所未有的特殊戰艦，成為我的載體，從而讓我探索黑洞。星尊，對不住了，為了增加探索黑洞的保命手段，我想要吞噬妳。唯有如此，我才有一點點可憐的安全感。」

知星不語，冥尊叛逃過來，是因為想要徹底和啟尊翻臉，還是人在屋簷下，不得不低頭，這都說不準。

影藤收縮，冥尊小腿化作的小人放棄徒勞的掙扎。陰影之主的眼神就沒有從影藤身上離開過，這株奇異的植物生命天生就有融入陰影的能力。而且經過佟道多年的煉化，影藤已經進化為鬼王鞭，且不是尋常的鬼王鞭，而是能夠牽動星力的寶物。

起源和御主克制冥尊，影藤克制陰影之主，陰影之主相信，若是自己得到了影藤，他的實力必然更上一層樓。

佟道淡定的看著天啟星雲的深處。來了，不是為了征服誰，而是要向天啟星雲的強者宣布，虛擬世界不允許你們再動心思。若是覺得付出沒有回報，那可以談，佟道願意適當的補償。

耗費了幾年的時間，強化星辰戰艦與末日方舟，精心打造披甲仙人大軍，佟道做好了血戰的準備。結果冥尊擺脫了桎梏之後，竟直接叛逃過來。

在佟道走出真天域之前，九大人族至尊、八位星獸誕生的霸主，這十七個強者成為天啟星雲高不可攀的存在。

佟道還沒正式進軍天啟星雲，鷹聖這個內奸便幫助四聖獸遁走了三隻，唯一被捉住的玄武聖獸還得到了猿霸主的庇護。

然後是星尊毫無徵兆的投靠過來，佟道出現，靈魂之主還率先表態恭迎。暴跳如雷的冥尊打了一場，藉助御主的力量，斬斷了啟尊對他的控制，他當場倒戈。

八位霸主擺明了準備看熱鬧，人族兩個至尊投靠過去，剩下的七個至尊中，唯有啟尊站了出來，還被冥尊戳穿了被控制的真相。

佟道到來之前，如果有人說一個少年會攪動天啟星雲，所有人會當作笑話。但是當笑話成為現實，人們笑不出來了。

暗金色戰艦主動來到星辰戰艦和末日方舟之間，佟道對冥尊微微頷首，然後影藤困縛著小人來到佟道面前。

佟道眼眸倒映整個天啟星雲，玄之又玄的感應讓佟道有些眩暈。佟道叼上一支菸，說道：「在我的家鄉，有一句話叫作『強龍不壓地頭蛇』。小弟才疏學淺，涵養也不足，今日來到天啟星雲，主要是希望拜見諸位前輩大老。當然最主要的是感謝猿霸主，玄聖的安全有保障，我心裡懸著的石頭落了地。」

陰影之主說道：「玄聖背叛了天啟星雲，牠還是戴罪之身。你想贖走玄聖，得付出足夠的代價。」

佟道連連點頭，說道：「當然，理當如此。不付出足夠的代價，顯不出我對玄聖的重視。」

有些人眼神變了，一個虛擬世界走出來的少年，能夠搗鼓出這麼龐大的家底，還讓聖獸與至尊接連投靠，他怎麼可能是個傻瓜？

佟道毫不顧忌說出他對玄聖的重視，這不是給陰影之主敲詐勒索的機會嗎？

猿霸主盯著佟道，問道：「你真想救走玄聖？那不應該壓價，並顯示你對玄聖的不在乎嗎？」

佟道說道：「我在乎，所以才會坦然說出來，我也的確做好了付出足夠代價的準備。只要不過分，一切可以談。我說過了，強龍不壓地頭蛇，初來貴寶地，小弟願意低調忍讓。」

陰影之主終於沒忍住心中的貪婪，說道：「你的這條藤條鞭子交出來，作為贖走玄聖的贖金。」

靈魂之主說道：「玄聖是被你捉住的？陰影，我怎麼感覺你成為天啟星雲的話事人了呢？」

陰影之主說道：「你已經叛逃，沒資格指責我。我只是說出我對放回玄聖的要求，別人想要什麼價碼，可以自己提出來。」

猿霸主的目光森冷，陰影之主這是找死！當然猿霸主拿陰影之主沒辦法，陰影之主不是至尊，但是陰影之主的專長極為噁心。

猿霸主的目光投向佟道，太嫩了，你根本不了解人族有多噁心。陰影之主要你的鞭子，你給了之後，會有更多人提出更過分的要求，甚至提出索要星辰戰艦和末日方舟也很正常。

佟道抬手，影藤捆縛著小人，落在佟道手中。佟道左手五指扣著小人的頭顱，說道：「影藤當年主動跟隨我，算是我的部下，而不是寶物。我從來沒有用部下交易的想法，換個要求吧！」

陰影之主堅定說道：「不，不交出影藤，玄聖就得死，我有能力殺死牠。」

小人的腦袋被佟道捏爆，戰爭之主立刻想起被佟道兩根手指捏爆的神選者。

遠方啟尊浮現出來，這是一個俊雅的青年男子。

小人就是控制冥尊的特殊傀儡種子顯化，佟道捏爆了小人，也就意味著選擇與啟尊死磕到底。

佟道邁步消失，陰影之主遁入玄武聖獸的影子裡，影藤也詭異的出現在玄武聖獸的影子裡，直接纏住陰影之主的雙腿。

陰影之主果斷自斷雙腿消失，陰影之主已經沒入空間裂縫中，佟道修長的五指探入空間裂縫中，枯木叢林組成牢籠，把陰影之主的身體困住。

佟道縮回手，枯木叢林燃燒起星火，陰影之主在星火中痛苦哀號。

佟道面無表情，說道：「別喊，你的本體藏在那顆星辰中，我看到了。這個分身只有你一半的實力，毀掉了也只是讓你實力變弱而已。我說過了，強龍不壓地頭蛇，聽不懂人話？至少你也得是一個地頭蛇啊！你不過是一隻臭蟲，你以為你有資格和我談條件？」

陰影之主嘶吼道：「你以為我看不出你的狼子野心？你做了什麼？」

忘川風吹拂，陰影之主愣了一下，再次嘶吼道：「你以為我看不出你的狼子野心？你做……」

猿霸主等人也毛骨悚然，這是怎麼回事？陰影之主再次嘶吼道：「你以為我看不出來你……你做了什麼？」

不僅僅是被枯木叢林捆縛焚燒的分身，陰影之主躲在星辰中的本體也是一陣陣的迷糊。忘川風一次次吹過，陰影之主的記憶不斷被抹煞，如此恐怖詭譎的手段，令那些霸主、主宰和聖獸噤若寒蟬。

第十章

道尊

御主回到知星身邊，知星問道：「星語可沒告訴我，他還有這種手段。」

忘川颪這個在換心崖得到的詭譎能力，配合枯木叢林使用，那是真正的絕殺技，佟道還沒遇到任何人能夠抵擋這個組合技。今天為了證明自己是過江猛龍，正好拿來示威。

陰影之主被嚇住了，猿霸主等人也被嚇住了，成為佟道自己人的知星也嚇得夠嗆。這種手段已經超出了理解的範疇，太嚇人！

御主聳聳肩膀，說道：「那妳得問他的老班底，他們才知道得最清楚。我只是他的女人之一，他不說的事情，我從來不問，免得讓人懷疑我有爭鋒吃醋的嫌疑。」

陰影之主的分身恐懼怒吼，影藤悄然竄入枯木叢林牢籠，直接刺入陰影之主的分身體內。

啟尊提著長劍走向佟道，佟道淡定看著。

猿霸主問道：「玄聖，這種手段，有沒有對你們施展過？」

玄武聖獸的老龜頭顱說道：「他不對自己人使用這種手段，甚至不對自己人撒謊。」

猿霸主說道：「你問他一句，來到天啟星雲真正的目的是什麼，我作主放你自由。」

玄武聖獸的靈蛇頭顱看著佟道，老龜頭顱盯著逼近的啟尊，靈蛇頭顱說道：「他們想聽真話。」

佟道說道：「真天域對於兩個虛擬世界的掠奪讓我憤怒了。我出身虛擬世界，那裡就是我的家園。我最初來到天啟星雲，是想告訴謀劃建造虛擬世界的強者，虛擬世界是禁區，想要從投資虛擬世界並謀求好處，可以談，但是不能毀滅虛擬世界。創造，不代表可以占有，就這麼簡單。

當我準備進軍天啟星雲的途中，意外猜到有人謀劃從黑洞超脫。我想過來看看，並希望得到一些不想離開家園的強者認可。誰想通過黑洞離開家園，可以，但是不能無盡貪婪掠奪，留下一個滿目瘡痍的世界。啟尊，我說的那種人，應該以你為主。」

啟尊問道：「說完了？」

佟道說道：「果然還是需要動手解決，這個世界終究是用拳頭講道理，我很失望。」

猿霸主出現在玄武聖獸身邊，直接扯斷了捆縛玄武聖獸的諸多鎖鍊，說道：「我一直在看，不會容忍有人盜走家園過多資源進入黑洞。佟道，並肩？」

佟道拱手說道：「請前輩給我一個機會，我來到了天啟星雲，希望和那些心存不良的強者講道理；講不通的時候，我也會動一些拳腳。」

猿霸主豎起大拇指，玄武聖獸伸著懶腰站起來，緩緩飛向星辰戰艦。

御主微笑說道：「玄聖真身歸來，星辰戰艦的底氣更足了。」

不是誇張的說法，當玄武聖獸的本體進入星辰戰艦，四聖獸的力量徹底均衡，御主的氣息也驟然飆升。

佟道邁步，鬼王刺出現在佟道手中。影藤吞噬了陰影之主的分身，如同一條若隱若現的影龍環繞佟道。

佟道說道：「我來了，準備講道理，你不想聽，那就做好最壞的準備。」

啟尊說道：「真以為自己星空無敵了？」

佟道說道：「沒人規定除了星空無敵之外，就沒有說話的資格。說話，講的是道理；強者，立的是規矩。你不想聽道理，也就是沒規矩，斬你！」

佟道周圍的星力化作浩瀚的符文，彷彿佟道化作了一輪銀色驕陽。啟尊的身體倏然後退，佟道已經星遁追逐而去。

啟尊的長劍撕裂虛空，佟道的身影鬼魅般閃爍不定。鬼王刺堅定的刺向啟尊，影藤則藏匿在無盡的星光符文中，隨之準備纏住啟尊。

知星目光瞟了御主一眼，御主說道：「冥尊，你的戰艦中有些東西我很喜歡。」

冥尊知趣說道：「喜歡什麼，自己挑選就可以。」

御主和知星同時消失，冥尊心中隱隱有了不安的預感，好像自己答應得太痛快了。這分明是知星蠱惑御主，難道自己無意中掌握了某件對於知星來說極為重要的寶物？

御主和知星進入巨大暗金色戰艦中，在一間陳列室牆壁隱藏的儲藏室中，知星腳步輕快的拿起一顆不起眼的卵形隕石。

這顆隕石上有天然的圖案，古拙而神祕。冥尊許多年前得到這顆隕石，因為圖案玄妙，因而放在儲藏室中。

知星略一思索，便把這顆隕石交給御主，說道：「可以增強與星力的感悟，或許可以讓妳得到真正的突破。別讓妳家閨女知道，那個丫頭是真的皮。」

御主不動聲色，說道：「起源向來喜歡和我作對，過些天起源的母親到來，也就是創造起源的薛天珺到來，我引薦給妳。薛天珺是某方面的天才，我們可以來個三娘教子。」

這顆隕石藏著知星的本源力量，許多年前因為與強者爭鬥而遺失。知星準備尋回的時候，已經落入冥尊的手中，成為冥尊的收藏品。

知星原本是想徹底收回這部分本源力量，事到臨頭，星尊卻選擇交給御主。放在星辰戰艦中，顯得投靠佟道更有誠意，也可以作為萬一知星遭遇不測的後手。

為了掩人耳目，御主也挑選了幾件藏品。

佟道和啟尊的戰鬥白熱化，冥尊自然知道深淺，哪怕猜到這顆隕石有問題，他也不敢食言而肥。

佟道捉住陰影之主的分身，還沒顯露出過於強悍的實力，畢竟陰影之主不過是人族的二流強者。

此刻全力以赴的啟尊和佟道惡戰，才讓人知道佟道所說的「強龍不壓地頭蛇」是什麼概念。龍蛇爭霸，佟道就是那條過江龍。

人族至尊到底有多強，或許唯有星獸霸主才知道。因為無數年前，雙方爭奪天啟星雲的優勢位置，發生了多場戰鬥。

冥尊的優勢在於可以建造無數的戰艦堆死敵人，但是面對起源和御主的時候，冥尊的優勢被徹底克制。尤其是起源，她侵襲智腦的能力無解，甚至御主也總是擔心起源會找機會吞噬她。

冥尊選擇和御主的投影開戰，從而乘機擺脫啟尊的掌控，因此雙方沒有發揮出真正的實力。

現在啟尊和佟道的戰鬥爆發，虛空不斷被打出裂縫，有些裂縫過於龐大，閉合的速度很慢，導致巨大的引力從裂縫中傳來。實力不濟的人族與星獸不斷後退，避免自己被虛空裂縫扯進去。

在天啟星雲的深處，靠近黑洞的數十顆星辰上，一座座星力凝結的殿堂呈現出來。啟尊把最後的手段也使了出來，否則一直被佟道壓著打，太憋悶。

啟尊在天啟星雲經營了太多年，數十顆星辰成為啟尊的根基。在漫長歲月中，啟尊不斷積攢星力，甚至固化為磚石，構建出一座座星力殿堂。

瞽道人手中的星力羅盤出現裂紋，瞽道人的眼睛流出血淚。

樹靈說道：「悠著點，再窺視下去，你就徹底涼了。」

瞽道人抿嘴，付出代價也值得，尤其是這種危急時刻。佟道必須不敗，否則會有諸多強者擁上來，滅殺這個從虛擬世界走出來的少年強者。

未知的事物最讓人擔憂，佟道不是正常的生命，甚至不是某個偏遠界域誕生的強者，而是真天域的兩個虛擬世界發生意外，從而孕育出的絕世天驕。

可以說佟道才是星空最奇異的生命，天啟星雲的強者有強烈的渴望，那就是捉捕佟道，拆散了研究為何會發生如此奇異的事情。

當啟尊的數十顆星辰開始傳遞星力，佟道的攻勢明顯減緩，彷彿已經力不從心。

猿霸主身邊出現了另外幾個星獸霸主，牠們也看出了端倪。

畢竟根基太淺，雖然有強大的信念，但是佟道終究是虛擬世界走出來的生命，面對積累太多年的啟尊，佟道不夠看。

一個白髮披肩的老者從毗鄰啟尊的星域附近浮現出來，白髮老者矜持的咳嗽一聲，問道：「為何至強者為至尊，稍遜者為主宰？年輕人，你可願承擔主宰之位，從此納入人族的強者體系？」

佟道吐出一口濁氣，說道：「不，你們的規矩，我不喜歡。」

啟尊和佟道同時被傳送到天啟星雲的深處，處在白髮老者和啟尊星域之間的位置。

白髮老者左手端著一個缽盂，右手指著佟道，說道：「狂妄自大，冥頑不靈，如此肆無忌憚的少年，不可縱容！」

啟尊說道：「恭請時尊出手懲治。」

御主和起源同時頓足，星辰戰艦和末日方舟以最快的速度衝向天啟星雲的深處。

靈魂之主說道：「人族建立的這些陳腐規矩，我不想忍受了。」

猿霸主手中出現一根粗大的樹樁，牠扛著樹樁，說道：「嫉賢妒能，我看不順眼，人族與星獸之戰重啟如何？」

一個顫巍巍的老者說道：「附議，我欣賞這個膽量大的人族小子。」

八個人形的星獸霸主衝向天啟星雲深處，人族內訌，星獸霸主決定站在佟道這一邊。無他，多個聖獸和星尊、冥尊投靠，天啟星雲的局勢將不一樣了。

人族最強者有九個，星獸只有八個，勢力不均衡；現在人族兩個至尊投靠了佟道，星獸霸主意識到改變的契機到來。曾經人族至尊聯手遏制星獸，現在形勢逆轉了。

星辰戰艦上，知星做好了出手的準備，但是很快她就發現，除了啟尊和白髮老者之外，只有一個臉頰瘦削的中年人出現在戰場，只有三個至尊願意出手滅殺佟道；但是有四個人族一字排開，攔在星辰戰艦和末日方舟前方。

一個額頭寬闊的老者說道：「啟尊、時尊與光尊，你們三個只有一個能夠出手迎戰佟道，否則必將遭到我們與諸位霸主的聯手擊殺。」

低頭的佟道緩緩抬頭，啟尊說道：「我一個人就足以鎮壓，時尊、光尊，兩位為我壓陣。」

啟尊的數十顆星辰上，一座座星力宮闕綻放出煙霞，煙霞是由無數的符文組成，逐漸幻化為一尊尊巨大的啟尊幻影。

把佟道與啟尊傳送到核心處的時尊矜持微笑，這裡毗鄰啟尊的星域，佟道沒可能打敗啟尊。

啟尊本體力量開始飆升，強橫的靈識輾壓而來。

無字書飛到佟道面前自動打開，佟道說道：「相對的公平，就讓我不好意思下毒手了。」

啟尊伸手抓向無字書，無字書打開，化作長長的無字卷軸。卷軸中是星辰戰艦與末日方舟的幻象，那是由無盡的星力與符文組成。

啟尊正面看到近在咫尺的無字卷軸，佟道左手凌空虛抓，天啟星雲的密集星辰彷彿驟然黑暗了片刻。

啟尊震驚的看到無字卷軸中星力和符文演化出天啟星雲的星圖。

沒人看到，末日方舟上，司主傳送過來。司主的面前，巡天司緩緩成形。

司主不僅自己過來了，更把巡天司搬了過來。巡天司與佟道面前的無字卷軸遙相呼應，天啟星雲的星光驟然洶湧籠罩向佟道。

無字卷軸收斂，啟尊揮劍，星光如同黏稠的泥沼束縛著啟尊。無字卷軸把啟尊包裹起來，佟道凌空一腳抽射，被包成粽子模樣的啟尊向著不斷散發出恐怖吸力的黑洞飛去。

如此詭譎的變故，沒人想到啟尊會被星力禁錮，也沒人想到無字卷軸竟然能夠捆住啟尊。

時尊抬手，佟道說道：「下一個出手的是你嗎？」

白髮蒼蒼的時尊毛骨悚然，他艱難的轉頭看著佟道。佟道左手向下按去，啟尊的星域中，一座座星力宮闕坍塌，凝結出來的分身也隨之湮滅。

佟道來到天啟星雲，說話相當委婉謙虛，彷彿真的是一個後生晚輩。捉住陰影之主的分身後，也沒人想到佟道會如此可怕。

時尊終於反應過來了，佟道的星遁手段如此強大，真的會被他轉移到天啟星雲的核心處？只怕這是佟道故意被傳送過來，然後占據了某個特殊的時空節點，從而與天啟星雲的諸多星辰呼應。

狂奔中的猿霸主等人戛然而止，現在他們終於聽懂，為何佟道會說「相對的公平，就讓我不好意思下毒手」了。

藉助時尊時空挪移的機會，佟道來到天啟星雲的核心處。幾年來的漫長旅途，對於絕大多數強者來說很短暫，閉關一次的時間也比這個還長。對於佟道來說，幾年的時間足夠漫長，足夠佟道與真實星空建立起無法想像的緊密感應。

佟道唯一在意的是至尊們不會讓他輕易接近天啟星雲的核心處，那裡才是掌控天啟星雲諸多星辰的要害之地。

犧牲了無字卷軸，從而放逐啟尊，時尊和光尊並肩站在一起，無邊的恐懼讓他們兩個覺得異常寒冷。

知星和冥尊投靠，人族九大至尊剩下的七個中，有四個站在中立地位；三個願意滅殺佟道的至尊中，啟尊被放逐到黑洞中，完成啟尊謀求多年的黑洞探索之旅——雖然這不是啟尊真正的想法。

啟尊是謀劃讓冥尊駕馭戰艦進入黑洞，冥尊提出了要求，這才有了真天域的虛擬世界誕生。尤其是高修世界裡面的星辰戰艦，這是給冥尊準備的載體，讓冥尊進入黑洞探索。至於進入黑洞之後是死是活，全憑天意。

現在第一個探索黑洞的至尊誕生了，那就是被佟道一腳踢進去的啟尊。

佟道如此輕鬆搞定啟尊，時尊和光尊該何去何從？

最可怕的是星獸八位霸主衝過來馳援佟道，一個霸主一拳，也足以搥死這兩個抱團取暖的至尊。

佟道看著時尊與光尊，說道：「無字卷軸烙印著我的靈識與符文，我可以篤定，黑洞之外不是毀滅性的存在。也就是說，啟尊應該沒死，未來說不定還能搞出一番事業。兩位至尊，有沒有興趣與啟尊為伴？」

光尊難堪的看著星辰戰艦上的知星，佟道繼續說道：「時尊，虛擬世界的時間流速和真實世界不一樣，這是你的手筆？」

時尊老臉擠出笑容，說道：「小範圍扭曲時間，這是我的天賦能力，願為道尊效力。若是道尊不嫌棄，我願意為這兩艘戰艦內部構建小型界域，從而實現時間減緩或加速。」

光尊急忙說道：「我掌握光的力量，對於吞噬一切的黑洞，我本能的恐懼。啟尊蠱惑我說光與暗是一體兩面，或許黑洞背面是無盡光的世界，現在我知道自己被蒙蔽欺騙了。道尊，方才我可沒對您出手。」

時尊立刻遠離光尊，就沒見過如此無恥之徒，你想乞求活命的機會，為何要踩著我？

佟道笑笑，轉回身拱手說道：「小弟才疏學淺，冒昧進軍天啟星雲。雖然經歷了一些風波，顯然小弟的說服力還可以。」

沒人接這個話頭，這個時候，佟道說自己才疏學淺，那就等於罵人了。天啟星雲算是自成一域，雖然與星空沒有明顯的界線，但那些強者能夠清楚的感知到，天啟星雲的星力和外界不一樣。

當佟道進入天啟星雲的核心處，天啟星雲的星力與佟道開始呼應，星力為佟道所用，他才是這裡當之無愧的群星之主，否則也不會舉手抬足中直接摧毀了啟尊數十顆星辰上的星力宮闕。

哪怕是對佟道的實力一再高估，也絕對想不到佟道來到了天啟星雲，會擁有摧枯拉朽的輾壓優勢。

佟道做個請的手勢，說道：「諸位前輩，請登上末日方舟小聚，容我烹茶待客。」

幾個時辰之後，星辰戰艦和末日方舟悠然駛向啟尊曾經占據的數十顆星辰。佟道這個道尊誕生，直接笑納了啟尊的星域。

人族依然是九大至尊，不同的是一個出身虛擬世界的少年，取代了被放逐到黑洞中的啟尊。

來自高修世界的仙人大軍與後續不斷抵達的大修部隊，在這些星辰按照不同的想法規畫建造。

最靠近黑洞的星辰上，巡天司整個搬遷過來。不久之後，佟道在巡天司舉辦了自己的大婚，正式迎娶姜辛與薛天珺。

有資格參加婚禮的賓客看出了端倪，大婚的時候，氣氛不是很歡快，多個美貌女子眼神憤怒；佟道這個新郎倌也顯得很是拘謹，佟道的風流債逐漸在天啟星雲淪為笑談，成為人們茶餘飯後的談資。

這位來自虛擬世界的道尊，基本上不問世事，明眼人知道局面真的不一樣了。

巡天司逐漸開始招兵買馬，在星空中劃分出諸多星域，派遣巡天使者巡視值守。人族也好，星獸也罷，願意守護星空，就可以在巡天司申請職位，經過考核就能上任，見秋和他的老友也得到了相當好的肥缺。

據傳道尊的星域內，正在打造一支龐大的艦隊。每個巡天使者有一艘座駕，可以馳騁星空，並隨時與巡天司聯絡。

毀滅星辰、掠奪資源，成為嚴令禁止的行為，發現一個嚴懲一個，星空的秩序逐漸建立起來。

實力不足的修士和星獸也不用擔心被欺陵，他們可以申請成為各自星域巡天使者的麾下，用自己的努力工作換取一份安全的保障，還有修行的資源。

在一片幾乎無盡黑暗的世界中，啟尊奮力撕扯著一卷無字卷軸。憤怒的咆哮撕扯中，這卷無字卷軸異常堅韌，無論啟尊如何努力也無法摧毀。

無法容忍的孤獨、讓人恐懼的黑暗，啟尊哭過吼過，可惜他回不去了。

在天啟星雲謀劃了那麼多年，布下了諸多棋子，結果被強得不講道理的佟道一腳踢進黑洞，從此啟尊開啟了悲摧的流浪。

沒有座標、沒有方向感，啟尊只能如同無家可歸的流浪狗，在無盡黑暗中尋覓落足之處。

不敢輕易動用星力，無盡黑暗中得不到補給，未來有一天體內的星力耗盡，也就是啟尊的大限到來之時。

一陣風吹來，啟尊用無字卷軸包裹著自己隨風飄蕩。

認命了，如果有回去的機會，啟尊願意付出任何代價，哪怕有一個人與他說幾句話，他也會感激涕零。

啟尊在渾渾噩噩中醒來，他在黑暗中看到了一片黯淡的光芒。是錯覺嗎？啟尊已經不抱希望了。

無字卷軸自動飛起來，佟道的聲音響起：「或許你的流浪到達盡頭了，前方似乎是一片大陸。」

啟尊狂吼道：「佟道，你是佟道？你、你……你讓我回去好不好？我求你了，黑洞之後的世界太可怕了。」

無字卷軸中，佟道淡定說道：「生命因此而精采，你不這樣覺得嗎？」

——全書完

國家圖書館出版品預行編目(CIP)資料

天書道人 / 左夜作. -- 初版.
-- 臺中市 : 飛燕文創事業有限公司, 2025.01-

冊 ; 公分

ISBN 978-626-413-061-5(第1冊:平裝). --
ISBN 978-626-413-062-2(第2冊:平裝). --
ISBN 978-626-413-063-9(第3冊:平裝). --
ISBN 978-626-413-064-6(第4冊:平裝). --
ISBN 978-626-413-065-3(第5冊:平裝). --
ISBN 978-626-413-066-0(第6冊:平裝). --
ISBN 978-626-413-067-7(第7冊:平裝). --
ISBN 978-626-413-068-4(第8冊:平裝). --
ISBN 978-626-413-069-1(第9冊:平裝). --
ISBN 978-626-413-070-7(第10冊:平裝). --
ISBN 978-626-413-071-4(第11冊:平裝). --
ISBN 978-626-413-072-1(第12冊:平裝). --
ISBN 978-626-413-073-8(第13冊:平裝). --
ISBN 978-626-413-074-5(第14冊:平裝). --
ISBN 978-626-413-075-2(第15冊:平裝). --
ISBN 978-626-413-076-9(第16冊:平裝). --
ISBN 978-626-413-077-6(第17冊:平裝). --
ISBN 978-626-413-078-3(第18冊:平裝). --
ISBN 978-626-413-079-0(第19冊:平裝). --
ISBN 978-626-413-080-6(第20冊:平裝)

857.7 113018021

天書道人 20 -END-

出版日期：2025年05月初版
建議售價：新台幣190元
ISBN 978-626-413-080-6

作　　者：左夜
發 行 人：曾國誠
文字編輯：FREE
美術編輯：豆子、大明
製作/出版：飛燕文創事業有限公司
公司地址：台中市南區樹義路65號
聯絡電話：04-22638366
傳真電話：04-22629041
印 刷 所：燕京印刷廠有限公司
聯絡電話：04-22617293

各區經銷商

華中書報社	電話 02-23015389
旭昇圖書有限公司	電話 02-22451480
智豐圖書股份有限公司	電話 05-2333852
威信圖書有限公司	電話 07-3730079

網路連鎖書店

金石堂網路書店 電話：02-23649989
網址：http://www.kingstone.com.tw/

博客來網路書店 電話：02-26535588
網址：http://www.books.com.tw/

若您要購買書籍將金額郵政劃撥至22815249，戶名：曾國誠，
並將您的收據寫上購買內容傳真到04-22629041

若要購買本公司出版之其他書籍，可洽本公司各區經銷商，
或洽本公司發行部：04-22638366#11，或至各小說出租店、漫畫便利屋、各大書局、金石堂網路書店、博客來網路書店訂購。
▶如有缺頁、破損，請寄回更換！

Fei-Yan 飛燕文創